KiWi 211

Über das Buch

In dieser Erzählung, kurz nach dem Krieg geschrieben, aber mehr als 30 Jahre später veröffentlicht, ist die Erinnerung an den Krieg noch so körperlich nah, daß sie den Leser unmittelbar trifft. Es ist nicht das Panorama des Grauens, das Böll hier entwirft, sondern die stille, zersetzende Atmosphäre in einem toten Kriegswinkel der nördlichsten Normandie.

Nichts geschieht hier, alles liegt brach, auch der Mensch, der sich langsam korrumpiert. Vor diesem Hintergrund zeichnet Böll die Gestalt des Offiziers Schelling, der in der Hoffnungslosigkeit der Kriegssituation um die wenigen Gramm Butter kämpft, die den Soldaten bei jeder Ration fehlen. Dieser Kampf hat ihn bereits einmal degradiert, aber er gibt nicht auf, auch nicht, als die Kompanie an die Ostfront verlegt wird. Aber hier, in dem »Scheidewasser« der Front, wo es »nur gute und schlechte Kerle« gibt, eskaliert die Spannung zwischen Schelling und dem Hauptmann Schnecker. In Schnecker, der die Korruptheit deckt, bricht unter dem Druck der Kriegsereignisse das Chaos aus: Er erschießt Schelling in einem Moment völliger Haltlosigkeit. Die Tat bleibt durch einen Angriff der Russen unentdeckt. Jahre später trifft der Erzähler Schnecker wieder: Auf einer sommerlichen Caféterrasse sitzt der angehende Jurist und plaudert mit seiner hübschen, strahlenden Braut über seine aussichtsreiche Zukunft.

Gegen das Vergessen ist diese Erzählung geschrieben. Erinnern wird in ihr zu einer ebenso moralischen wie poetischen Kraft, die aufstört, damals wie jetzt.

Der Autor

Heinrich Böll, 1917 in Köln geboren, nach dem Abitur Buchhandelslehre. 1936–45 Soldat, dann Gefangenschaft; nach dem Krieg Student und Hilfsarbeiter in der Tischlerei des Bruders; seit 1950 freier Schriftsteller in Köln; für sein Werk erhielt er u. a. 1967 den Büchner-Preis und 1972 den Nobelpreis für Literatur, war Präsident des bundesdeutschen und des internationalen PEN-Clubs. Er starb am 16. Juli 1985.

Weitere Titel bei k & w

. . . und sagte kein einziges Wort, Roman · *Irisches Tagebuch. Ansichten eines Clowns*, Roman · *Die verlorene Ehre der Katharina Blum*, Erzählung · *Gruppenbild mit Dame*, Roman · *Haus ohne Hüter*, Roman · *Querschnitte. Aus Interviews, Aufsätzen und Reden · Berichte zur Gesinnungslage der Nation. Billard um halbzehn*, Roman · *Brot der frühen Jahre*, Roman · *Ein- und Zusprüche*, Schriften. Reden und Prosa 1981–1983 · *Eine deutsche Erinnerung*. Interview mit René Wintzen · *Einmischung erwünscht*. Schriften zur Zeit · *Ende einer Dienstfahrt*, Roman · *Entfernung von der Truppe*, Erzählung · *Gesammelte Erzählungen*. 2 Bände · *Essayistische Schriften und Reden 1–3 · Fürsorgliche Belagerung*, Roman · *Frauen vor Flußlandschaft*, Roman · *Werke 1–4.*

Der Herausgeber
Karl Heiner Busse ist Lektor von Beruf und arbeitet mit bei der Herausgabe der Kritischen Werkausgabe Heinrich Böll.

Heinrich Böll
Das Vermächtnis

Erzählung

Mit Materialien und einem
Nachwort von Karl Heiner Busse

Kiepenheuer & Witsch

Zuerst erschienen bei Lamuv Verlag, Bornheim-Merten, 1982
© 1990 by Verlag Kiepenheuer & Witsch, Köln
Alle Rechte vorbehalten. Kein Teil des Werkes darf in irgendeiner Form (durch
Fotografie, Mikrofilm oder ein anderes Verfahren) ohne schriftliche Genehmi-
gung des Verlages reproduziert oder unter Verwendung elektronischer Systeme
verarbeitet, vervielfältigt oder verbreitet werden
Umschlag Manfred Schulz, Köln,
nach einer Konzeption von Hannes Jähn
Satz Fotosatz Froitzheim, Bonn
Gesamtherstellung Clausen & Bosse, Leck
ISBN 3-462-02024-2

Inhalt

Das Vermächtnis

I

Ich begegnete heute einem jungen Mann, sehr geehrter Herr, dessen Name Ihnen nicht unbekannt sein dürfte. Er heißt Schnecker, wohnt, soviel ich weiß, schon seit Jahrzehnten in Ihrer Nachbarschaft und war der Schulfreund Ihres vermißten Bruders. Aber das ist nicht alles. Seit heute weiß ich auch, daß Sie fünf Jahre vergeblich auf Nachricht von Ihrem Bruder warten, über dessen Schicksal Ihnen die verhängnisvolle amtliche Lüge »vermißt« mitgeteilt worden ist. Nun, Schnecker hätte diese Lüge berichtigen können. Es gibt nur zwei Menschen auf der Welt, die Ihnen Gewißheit hätten geben können, der eine ist Schnecker, der andere bin ich. Ich habe geschwiegen. Sie werden, wenn Sie meinen Bericht gelesen haben, verstehen, daß ich nicht kommen und Ihnen »erzählen« konnte, wie man so schön sagt.

Verzeihen Sie, wenn ich Ihnen nun etwas mitteilen muß, was in keiner Weise zu verbrämen ist. Ihr Bruder ist tot.

Schnecker machte eigentlich einen sehr munteren Eindruck. Ich begegnete ihm auf der Terrasse eines Sommercafés unter jenen heiteren, bunten Schirmen, die von großen roten Geranienkästen eingerahmt sind und unter denen die sonnenbebrillten sorglosen Leute sitzen, die den Strom der Passanten beobachten. Schnecker war in Begleitung einer jungen Dame.

Die junge Dame war hübsch, heiter und unbefangen. Ich betrat gegen meine Absicht die Terrasse, setzte mich an den Nebentisch, um die beiden zu belauschen, und bestellte Eis.

Meine Erregung war um so größer, als Schnecker sich nicht verändert hatte. Er war etwas voller, eher jünger als älter geworden, mit jenen leichten Merkmalen beginnender Stiernakkigkeit, die für eine gewisse Schicht deutscher besserer Leute unweigerlich eintritt, wenn sie zweiunddreißig sind und alt genug, in die Partei ihres Vaters einzutreten und dort aktiv mitzuwirken. Als ich dem Kellner gedankt und mich so gesetzt hatte, daß mir nichts entgehen konnte, sagte Schnecker gerade:

»Und Winnie?«

»Ist verheiratet, wußtest du das nicht? Glücklich ist sie, irrsinnig glücklich, sag' ich dir.«

Schnecker lachte.

»Wir werden es auch sein«, sagte er milde und legte seine Hand auf die des jungen Mädchens. Sie schlug ihre großen, sanften, ein ganz klein wenig dummen Augen so senkrecht zu ihm auf, daß ich das Gefühl hatte, sie würde vor Glück zerschmelzen und als irgendeine Art Zuckermasse auf dem hübschen, leichten Sommerstuhl zurückbleiben. »Zigarette?« fragte Schnecker und hielt ihr das offene Etui hin. Sie langte zu, beide rauchten und widmeten sich ihrem Eis. Draußen zog der Strom schwitzender, dünnbekleideter Menschen vorüber, die zum Sommerschlußverkauf in die Stadt strömten oder zurückkehrten. Ihre Gesichter zeigten einen ähnlichen Krampf, wie man ihn vor einem Jahr noch in den Kartoffelzügen beobachten konnte. Angst, Müdigkeit und Gier war auf diesen Gesichtern. Ich rührte ratlos mein Eis durcheinander, meine Zigarette schmeckte mir nicht mehr.

»Eigentlich«, fing Schnecker wieder an, »ein wirklicher Feiertag heute.«

»Ein ganz außerordentlich feierlicher Tag heute«, sagte das Mädchen.

»Tatsächlich.«

»Aber sicher, ich bitte dich! Wie du das geschafft hast! Schnell und sicher und als einziger mit ›Sehr gut‹. Aber sag mal«, sie kicherte ihn an, »wirst du nun einen richtigen Doktorhut aufgesetzt bekommen?«

»Nein, Liebes, aber hör zu«, er schluckte erst einen Löffel Eis,

»ich schlage vor, daß wir gleich rausfahren, eine Partie machen und uns dann richtig anziehen und ins ›Kosmo‹ fahren zu einer kleinen, intimen Feier, ehe der offizielle Kram losgeht ...«
Diesmal legte sie ihre Hand auf seine.
Mir wurde plötzlich so übel, daß ich aufstehen und irgend etwas unternehmen mußte. Ich legte einen Schein auf den Tisch, der viel zu hoch war und den ich mir keinesfalls leisten konnte. Aber mir war alles gleichgültig. Ich taumelte raus, ließ mich von dem schwitzenden und schwätzenden Strom ein Stück mittreiben und bog dann in eine stille und zerstörte Straße ab, die vom Schatten stehengebliebener Fassaden erfüllt war. Irgendwo setzte ich mich auf einen Mauerrest. Der Friede der Trümmer ist der Friede der Kirchhöfe ...

Nun, es wird Zeit, glaube ich, daß ich mich Ihnen vorstelle. Ich heiße Wenk, war Melder bei Ihrem Bruder, dem Oberleutnant Schelling. Ich sagte Ihnen, daß er tot ist. Sie hätten es schon lange erfahren können. Sie hätten nur das Haus Ihres Nachbarn betreten und seine Augen etwas eingehender betrachten müssen, jene Augen, die ein so hübsches, reizendes, mit Superlativen um sich werfendes junges Mädchen dazu veranlassen werden, sich die zwei programmgemäßen Kinder von ihm zeugen zu lassen. Oh, diese Süße, wie wird sie weinen, wenn der Priester ihre Hände ineinander legt und von der Orgel die Klänge einer Bachschen Fuge ertönen, zu der man nicht etwa den viel zu biederen und unkünstlerischen Organisten, sondern einen besonderen Musiker engagieren wird. Versäumen Sie nicht, die Hochzeit zu besuchen. Vergessen Sie nicht, Kuchen, Wein und Zigarren zu kosten, und geben Sie acht, daß Ihre Mutter nicht versäumt, in der geziemenden Weise zu gratulieren und ein Geschenk zu überreichen, das dem Grade der Freundschaft entspricht. Dieser Bund, dem neue Schneckers entspringen werden, muß gehörig gefeiert werden. Ich weiß nicht, was man sich in Ihren Kreisen bei diesem Freundschaftsgrad zur Hochzeit schenkt, bei uns wäre es ein Bügeleisen oder eine Bowle, die alle drei Jahre oder nie in Gebrauch genommen würde. Ach, lassen wir dieses Geschwätz. Ich versuche nur, etwas hinauszuzögern, was mir zu schreiben schwerfällt, weil es allzu unwahrscheinlich klingt angesichts dieses nur ein bißchen specknackigen neugebackenen Doktors beider Rechte. Aber hören Sie: Schnecker ist der Mörder Ihres Bruders. Da ist es. Da steht es. Und es ist nicht in einem übertragenen, irgendwie auch nur allegorischen Sinne gemeint, sondern nackt und einfach so, wie es da steht: Schnecker ist der Mörder Ihres Bruders ...

Sie sind ein junger Mann. Ich schätze Sie auf zwanzig Jahre. Ich habe mir die Freiheit genommen, ein paar Nachmittage an Ihrem und Schneckers Hause herumzuspionieren, aber Sie werden sich gewiß nicht jenes völlig belanglosen Zeitgenossen erinnern, der mit Sonnenbrille und Zigarette unter einem Holunderbusch stand, eine Art Amateurdetektiv des Schicksals, der sich verpflichtet fühlt, für eine Rente von dreißig Mark, die er allmonatlich am Postschalter in Empfang nehmen darf, dem Vaterland einen kleinen Gegendienst zu erweisen.

Nun, Sie sind zwanzig, schätze ich. Ich sah Sie mit Aktentasche eilig zu bestimmten Stunden weggehen und glaubte auf Ihren Mienen etwas zu lesen, was ich nur so deuten kann: Angst vor dem Abitur. Keine Angst, Sie werden durchkommen. Nehmen Sie es nicht allzu ernst. Wir waren noch stolz drauf, in Erdkunde und Mathematik »Gut« zu haben, als man uns zwang, uns die Menschen anzusehen, denen man kunstgerecht eine Maschinengewehrsalve in den Bauch geschossen hatte. Glauben Sie mir, sie sahen alle gleich aus, die, die in Latein »Gut« hatten, und die, die nie etwas von Latein gehört hatten. Sie sahen häßlich aus; nichts, aber auch gar nichts Erhebendes war daran. Sie waren alle gleich, Polen, Deutsche und Franzosen, Helden und Feiglinge. Mehr kann ich Ihnen nicht sagen. Sie gehörten der Erde, und die Erde nicht mehr ihnen. Das ist alles ...

Aber bevor ich Ihnen erzähle, wie Schnecker Ihren Bruder umgebracht hat, muß ich mich näher vorstellen. Ich bin kein sehr vertrauenerweckender Zeitgenosse. Den größten Teil meiner Zeit verbringe ich damit, auf dem Bett zu liegen und Zigaretten zu rauchen. Die Jalousien sind hochgestellt, und es kommt nur soviel Licht herein, wie notwendig ist, um festzustellen, welche Seite des Zigarettenpapiers mit Klebstoff bestrichen ist. Neben dem Bett steht mein Stuhl, der mit einem großen Haufen losen gelben Tabaks bedeckt ist. Meine Beschäftigung besteht darin, eine neue Zigarette zu drehen, wenn der Stummel, den ich im Munde habe, feucht geworden ist, so daß er nicht mehr zieht. Der Tabak verursacht mir ein Brennen im Halse, die Kippen schnippe ich zum Fenster hinaus, und wenn ich mich manchmal hinauslehne, kann ich unzählige davon in der Dachrinne schwimmen sehen, aufgeplatzte gelbgefärbte Dinger wie gedunsene Maden, aus manchen ist der Tabak herausgelöst und schwimmt in der grünlichen, schlammigen Brühe, die die Dachrinne anfüllt, weil ihre Neigung entgegengesetzt zum Abfluß verläuft. Manchmal, wenn dieser Absud zu dick geworden ist, borge ich mir den Besen von der Putzfrau meines Hauswirtes und fege den ganzen Schlamm zum Abfluß hin, wo er mit leisem Gurgeln verschwindet ...

Nur selten lasse ich mich dazu bewegen, etwas zu unternehmen. Meine einzige große Sorge ist die Beschaffung des Tabaks, den ich vom Verkauf meiner Bücher bestreite. Allein diese Beschäftigung ist mühevoll genug. Zum Glück bin ich einigermaßen über den Wert der Bücher orientiert, besitze allerdings nicht die Geduld, den wirklichen Wert auch herauszuschlagen. So schleppe ich mich widerwillig in finstere, kleine Antiquariate, die nach jener Art von Moder riechen, den nur Bücherhaufen erzeugen: trocken, muffig, schimmelig. Von gelblichen schmalen Händen, deren Bewegungen mich an die stille und abstoßende Hast der Waschbären erinnern, lasse ich meinen geistigen Besitz nach seinem materiellen Wert einschätzen. Ich feilsche nur selten, dann, wenn das erscheint; im übrigen nicke ich nur und bleibe hartnäckig, wenn das armselige Gesicht des Wucherers sich beim Abzählen des Geldes mir nähert, um mir im letzten Augenblick noch einen Abschlag plausibel zu machen. Ich habe mich damit abgefunden, daß ich mit diesen Leuten ebensowenig fertig werde wie mit dem Krieg.

II

Meine erste Begegnung mit Schnecker fand im Sommer 1943 statt. Von einer Dolmetschereinheit, die in Paris stationiert gewesen war, war ich an eine der Küstendivisionen kommandiert worden, wo ich der Freuden des »richtigen« Infanteriedienstes wieder teilhaftig werden sollte. Von der letzten Bahnstation aus hatte ich einen verschlafenen Flecken erreicht, der aus langen, niedrigen Mauern zu bestehen schien, die üppiges Gras umschlossen. Dort, in der nordwestlichen Ecke der Normandie, zieht sich parallel zur Meeresküste ein Streifen Landes, der die schwermütige Verlorenheit von Heide und Sumpf zugleich atmet; man sieht wenige sehr kleine Siedlungen, verlassene und verfallene Gehöfte, seichte Bäche, die träge den versumpften Sommearmen zufließen oder unterirdisch versacken.

Von der Bahn aus hatte ich durch mühsames Fragen den Bataillonsstab erreicht. Dort hatte man mich wie üblich lange warten lassen und mich dann an eine der Kompanien verwiesen. Der Schreiber, ein Feldwebel, stellte mir anheim, auf die Postordonnanz meiner zukünftigen Einheit zu warten und mit dieser gemeinsam den Weg anzutreten. Aber das hätte weitere vier Stunden Wartens vor diesem öden Chateau bedeutet, so bat ich also darum, mir den Weg zu beschreiben, grüßte und ging.

Während ich in dem dunklen Flur mein Gepäck auflud, kam ein Offizier vorbei, ein großer, schlanker Bursche, der trotz seiner Jugend die Abzeichen eines Hauptmanns trug. Ich vollführte die berüchtigte »Ehrenbezeigung durch stramme Haltung«, er blickte mich an, als sei ich aus Glas, nickte nicht einmal und ging vorbei. Es war Schnecker.

Es war nur eine halbe Sekunde, die vorüberging, aber in dieser halben Sekunde spürte ich die ganze Erniedrigung, in die uns die Uniform zwang. Jede Sekunde, die ich sie trug, hatte ich die Uniform gehaßt, aber nun würgte mich ein solcher Ekel, daß ich wirklich einen bitteren Geschmack auf der Zunge spürte. Ich eilte der Gestalt nach, die auf die Schreibstube zuging, stellte mich so vor ihr auf, daß sie die Klinke nicht erreichen konnte, nahm wieder Haltung an und sagte: »Ich bitte Herrn Hauptmann, meine Ehrenbezeigung zu erwidern.« Der Haß erfüllte mich wie eine tiefe Lust. Er blickte mich an, als sei ich verrückt geworden.

»Wie?« fragte er heiser.

Ich wiederholte meine Worte mit gleichgültiger Stimme, grüßte ihn noch einmal, blickte ihn an, grüßte noch einmal.

Der Kampf spielte sich zwischen unseren Augen allein ab. Er war rasend, hätte mich am liebsten zerfleischt, ich aber war von meinen kühl vibrierenden Haarspitzen bis in meine Zehen hinein angefüllt mit einem kristallenen Haß. Er hob plötzlich die Hand an die Mütze, ich machte ihm Platz, öffnete ihm die Tür und ging. Rasch durchquerte ich das träge schlafende Dorf, bog, wie mir beschrieben worden war, die dritte Straße links zur Küste hin ab und befand mich bald in vollkommen unbewohntem Gelände. Mittagshitze war flimmernd über den Wiesen, der Weg staubig und steinig, manchmal kamen kleine Gruppen von Bäumen, viel Gebüsch, ich sah keinen Acker. Ich nahm den spärlichen Schatten wahr und schritt eine halbe Stunde drauflos, blieb dann plötzlich stehen, sah auf, und jetzt erst fiel mir ein, daß ich die ganze Zeit über blicklos vor mich hingestarrt hatte. Ich war müde und plötzlich sehr erschöpft. Der Rand des Weges war mit üppigem Gras bewachsen, aber als ich mich hinsetzen wollte, entdeckte ich kaum hundert Meter entfernt eine umfangreichere Baumgruppe, die auf ein Haus schließen ließ. In der schwülen Hitze hatten sich die Kühe nahe ans Gebüsch verkrochen. Ich überquerte einen Fliesenweg und blieb vor dem Haus stehen: Es war halb verfallen, von Gestrüpp umwuchert, hatte blinde Fenster und über der Tür ein fast vollkommen verwittertes Schild, auf dem von dem Wort »Restauration« nur das Restchen »ratio« zu lesen war.

Die Tür war offen, ich trat in einen dumpfriechenden Flur, öffnete rechts eine braune Tür. Das Zimmer, das ich betrat, war leer. Ich setzte mein Gepäck ab, warf Mütze und Koppel auf einen Stuhl, zog mein umfangreiches Taschentuch und begann mir den Schweiß zu wischen, während ich mich umblickte.

In solchen Kneipen erwartet man unwillkürlich eine griesgrämige Alte, hexenartig, bärtig, schmutzig, die einem lauwarmes Zeug anbietet. Ich war sehr erstaunt, als ein junges und hübsches, auch sauberes Mädchen eintrat, das mich kurz, aber nicht unfreundlich mit dem üblichen »Guten Tag, mein Herr« begrüßte.

Ich erwiderte ihren Gruß und sah sie viel zu lange an. Sie war sehr schön. Ihre braunen Augen waren groß, ein wenig verschleiert und schienen immer abzuirren. Das rötlichbraune Haar fiel lose über die Schultern und war über der Stirn mit einem blauen Band zusammengebunden. Von ihren Händen strömte ein Geruch von Milch und Euter, sie hatte sie gespreizt, halb geschlossen ...

»Was wünschen Sie?« fragte sie.

Ich wollte sagen »Sie!«, aber ich nahm mit einer Handbewegung das ungesprochene Wort vom Munde weg und sagte ruhig: »Etwas zu trinken, vielleicht etwas Kühles.«

Sie schloß die Lider und schien mein ungesprochenes Wort in sich zu versenken, dann schlug sie die Augen wieder auf und fragte spöttisch: »Wein oder Limonade?«

»Wasser«, sagte ich.

»Nicht zu empfehlen, mein Herr«, sagte sie, »unser Wasser ist faul wie die Somme.«

»Gut«, sagte ich, »also Wein; weißen, wenn Sie haben.«

Sie nickte, drehte sich um und verschwand.

Die Einrichtung war wie die der meisten französischen Landkneipen. Man pflegte sie mit den negativen deutschen Attributen unfrisch, geschmacklos, ungemütlich abzutun. Gewiß gab es dort viel alten und viel modernen Kitsch, aber jede dieser Kneipen hatte für mich etwas von dem unbeschreiblichen Reiz der Cezanneschen Kartenspieler.

Das blasse Gesicht des Mädchens tauchte hinter der Scheibe auf, fast wie das Gesicht einer Ertrinkenden, die noch einmal an die Oberfläche stößt, ehe sie endgültig versinkt. Ich erschrak, sprang auf und öffnete ihr. Sie balancierte in der Rechten eine Flasche Wein und ein Glas, in der Linken einen Sodasyphon. Zu meinem Erstaunen war der Syphon, den ich ihr abnahm, kühl. Ich fragte sie danach, und während sie Glas und Flasche absetzte, erklärte sie mir, daß sie die Syphons im Brunnen aufzubewahren pflegten. Dabei vermied sie es, mich anzusehen, und murmelte: »Wenn Sie etwas brauchen, rufen Sie.« Sie wollte gehen.

Ich sagte leise: »Sagen Sie mir nur eins: Sind Sie immer hier? Sind Sie die Tochter des Hauses?«

Jetzt erst wandte sie sich um und blickte mich an. Ich hatte den Eindruck, als lächele sie.

»Ja«, sagte sie, »ich bin immer hier.«

»Dann möchte ich zahlen; ich nehme den Rest der Flasche mit, wenn Sie erlauben, wer weiß, ob es draußen etwas gibt.« Ich deutete in Richtung der Küste.

»Auch da sind Kneipen«, sagte sie gleichgültig und zuckte die Schultern, »aber wenn Sie wollen...«

Sie ging zur Theke, und ich spürte, daß sie das nur tat, um eine Berührung meiner Hand zu vermeiden, denn in diesen Kneipen wird sonst die Zeche nicht feierlich wie an einer Kasse, sondern von Hand zu Hand gezahlt. Sie gab mir auf einen großen Schein heraus, sagte kühl: »Auf Wiedersehen, mein Herr.« Ich war allein. Es war gut zu wissen, daß sie gesagt hatte: Ich bin immer hier. Ich setzte mich, streckte die Beine aus, aß und trank und rauchte. Als ich die Flasche halb geleert hatte, stand ich auf, ordnete mein Gepäck, rief gegen die Tür, die nach hinten führte: »Auf Wiedersehen«, und ging.

Der Weg war uneben und mühsam, kein Mensch zu sehen, nur

Wiesen, in die sich Bachläufe versenkten, Gebüsch, Gruppen von Weidenbäumen, bis ich endlich in der Ferne eine regelmäßige Baumreihe entdeckte, die die Küstenstraße anzudeuten schien. Ich machte noch einmal Rast, rauchte unter diesem grauen, stumpfen Himmel und ging dann auf die blasse, bläuliche Silhouette der Baumreihe zu ...

III

Ich verspreche Ihnen, nicht allzu geschwätzig zu werden. Nichts, was ich Ihnen erzähle, ist belanglos für Sie, falls Sie sich für das Schicksal Ihres Bruders interessieren, die Rolle, die Schnecker spielte, und bis zu einem gewissen Grade auch für meine Person. Ich kann nicht mehr schweigen. Schrecken und Angst haben mich ergriffen, nachdem ich nun einen kurzen, aber aufklärenden Blick hinter die rosige Fassade des »Wiederaufbaus« und der »Wiedergutmachung« habe tun müssen, einen Blick in das Gesicht Schneckers. Das Gesicht eines Durchschnittsmenschen.
Ich vergaß, Ihnen zu sagen, daß ich die Sonne nicht liebe. Manchmal glaube ich, ich hasse sie. Wenn ich irgendeinen der Götzen alter oder wilder Völker anbeten würde, so würde ich mich zu jenen schwermütigen Geschlechtern schlagen, die der Sonne als Teufel gewisse Tribute dargebracht haben, und nicht zu jenen, die sie als Gott verehrten. Ich hasse nicht das Licht, ich liebe das Licht, das in der Finsternis leuchtet, aber diese grelle Sommersonne – nur Licht –, das ist etwas Grausames.
Die Landstraße, die ich bald erreicht hatte, war nur auf der rechten Seite von einer Baumreihe flankiert, und der Schatten fiel aufs freie Feld, eine Wiese, die von fast mannshohem, üppigem Gras bestanden war. Erst später stellte ich fest, daß alle Wiesen auf beiden Seiten der Straße vermint waren, links und rechts wuchsen die Gräser und Blumen mit einer Üppigkeit, die ich noch nie gesehen hatte. Manchmal waren kleine Fichten-

schößlinge dazwischen. Drei Jahre lang hatte keine Hand diese Wiesen mähen oder pflegen und kein Vieh sie abfressen können.

Irgendwo vor mir hatte ich ein Haus gesehen, das an einer Wegkreuzung in schattigem Wald zu stehen schien, aber dieser helle Sonnenschein blendete nicht nur, sondern erzeugte in mir einen physischen Schmerz bis zur völligen Fassungslosigkeit. Die Entfernung erschien mir endlos, obwohl sie kaum dreihundert Meter betragen konnte. Nach fünf Minuten erreichte ich das Haus. Wieder eine Kneipe. Ringsum im Fichtenwald verstreut sah ich moderne kleine Villen, an der Straße entlang andere Häuser. An der Wegkreuzung stand ein kleines Schild mit dem Namen »Blanchères«. Die Kneipe trug ein frischbemaltes Schild »Buvette zum Orient«. Ich trat ein, legte, ohne mich umzusehen, erst mein Gepäck nieder und begann wieder, meinen Schweiß abzuwischen.

Als ich langsam aus meiner Erschöpfung erwachte, blickte ich in ein fürchterliches Gesicht, das mich anlächelte. Gewiß kennen Sie diese Geschöpfe nicht, die auf der anderen, selten beschriebenen Seite des Krieges leben. Unsere vaterländische Literatur hat keinen Raum für die Wirklichkeit.

Das breite Gesicht war übertrieben mit Puder bestäubt, die großen wasserblauen Augen waren verschwommen, und unter den Augen hingen fürchterliche Tränensäcke. Es war die Kneipenwirtin von Blanchères. Auch sie hat eine wesentliche Rolle im Leben Ihres Bruders gespielt, sie hat seine Wäsche gewaschen, auf die er so großen Wert legte, und sie wusch sauber und war billig.

»Tag, Soldat«, sagte sie zu mir mit einer tiefen Stimme, die mich überraschte. »Setz dich«, fügte sie hinzu.

»Guten Tag, Madame«, sagte ich.

»Oh«, rief sie, »ich bin nicht Madame, ich bin Mademoiselle!«

»Guten Tag, Mademoiselle«, sagte ich.

»Was willst du trinken?«

Ich hatte mich auf einen der Stühle nahe an der Tür gehockt.

»Bier, wenn Sie haben, bitte.«

Bisher hatte ich nur ihren Kopf gesehen und mir unwillkürlich vorgestellt, daß sie dick sei. Ich war erschrocken, als sie nun, mit einer Bierflasche und einem Glas bewaffnet, auf mich zukam. Sie war mager wie ein altes Huhn, erschreckend häßlich.

Sie sagte »Prost!« und blieb stehen.

»Du kommst neu?«

»Ja«, sagte ich, »ich muß zur Kompanie.«

»Oh, mit dem schweren Gepäck?«

»Ja.«

»Dann warte«, sie blickte zu einer altmodischen Uhr, die über dem Ausschank hing, »warte, gleich kommt der Melder von Larnton da vorne«, sie wies die Straße hinunter, die links abgeführt hatte, während ich nach meiner Weisung noch einen Kilometer geradeaus hätte gehen müssen.

»Der kommt um vier und hat ein Rad mit. Er wird dein Gepäck mitnehmen. Ein guter Junge. Du mußt doch zur Infanterie, wie?«

»Ja«, sagte ich; ich war erstaunt über ihre einwandfreien Kenntnisse. Ich blickte auf die Uhr, es fehlten nur noch ein paar Minuten bis vier.

Ihre Augen platzten fast vor Neugierde. Die Hauptbeschäftigung dieser Geschöpfe ist, Neuigkeiten zu sammeln. Sie sind ebenso geschwätzig und beobachtungsbegabt wie die Schwestern von der anderen Seite: die Betschwestern. Sie setzte die Unterhaltung fort, pünktlich wie ein gewandter Journalist, der ein Interview beginnt.

»Dein Spieß ist gut«, sagte sie, »der Chef ist ein Schwein. Du wirst sehen. Und der da vorne«, sie zeigte wieder die schattige Allee hinunter, die zur Küste führen mußte, offenbar in einen Stützpunkt, »der ist ein Engel. Ja«, fügte sie hinzu mit einer Bestimmtheit, als hätte ich widersprechen wollen.

»So?« sagte ich nur trocken.

»Wo kommst du denn her?« fragte sie mich nun, ohne mich

lange in Ruhe zu lassen, und in ihren Augen war die Neugierde jetzt mit einer Art Frechheit gepaart.

»Aus Paris.«

»Oh«, rief sie wieder mit ihrer rauhen Stimme, »da blüht die Liebe.« Ich schwieg.

»Fast alles gute Kerle, deine Kompanie«, plapperte sie weiter, »überhaupt, die Infanterie ist gut. Arm und gut, das ist mein Schlagwort...« Ich hatte die ganze Zeit in jene Straße hineingeschaut, die mir paradiesisch friedlich und schattig erschien. Sie war von dichtem Kiefernwald umsäumt, in dem sich helle Sandflecke abzeichneten, die Nähe der Dünen verkündend. Links und rechts von ihr lagen in unregelmäßigen Abständen hübsche kleinen Villen, aber erst zuletzt sah ich, daß auch dieses alles durch Minenzäune und Minenschilder gekennzeichnet war. Daher also rührte auch diese Stille wie auf einem Friedhof.

»Schenk mir eine«, sagte sie plötzlich und blickte auf meine Zigarettenschachtel.

»Pardon«, rief ich.

»Du bist großzügig mit dem Tabak, mal sehen, ob du's in vierzehn Tagen auch noch bist.« Ich hatte nichts gesagt, obwohl sie zwei Zigaretten genommen hatte. »Tabak ist hier ebenso knapp wie Brot.« Zum Glück sah ich endlich einen feldgrauen Radfahrer, der sich schnell aus den dunklen, schattigen Hintergründen der Allee näherte. Er trug das Gewehr vorschriftsmäßig mit dem Riemen quer über der Brust.

»Ah«, rief sie, »da ist er ja. Willi!«

Sie trat hinaus und winkte dem herankommenden Soldaten, dessen Gesicht ich nun gut sehen konnte. Es war ein blasser, älterer Mann mit einem blonden Schnurrbart, der schmal und spärlich über der Oberlippe angeklebt schien. Er trug auch die Mütze brav wie ein Rekrut, und in seinem Gesicht war etwas Eifriges.

Er stieg ab, ließ das Rad draußen vor der Tür und trat ein.

»Guten Tag, Kamerad«, sagte er.

»Tag«, sagte ich.

Willi blickte eifersüchtig auf die Zigarette des Mädchens, dann auf mich, hockte sich auf einen Barstuhl und fragte: »Hast du wieder Zigaretten, schwarz?«

»Nein«, sagte sie, »ich soll morgen kriegen, billig, das Stück sieben Francs.«

»Und diese da?«

Sie deutete mit der brennenden Zigarette auf mich. Ich hatte meine Schachtel schon gezogen und hielt sie Willi hin. Er blickte mich erstaunt an, lachte kurz auf und sagte: »Vielen Dank, Mensch, du kommst wohl von zu Hause, aber da gibt es doch auch nicht zu viel . . .«

»Nein«, sagte ich, »aber seid ihr denn hier so knapp?«

»Oh, verdammt«, sagte er, »wirst du schon merken. Wir lauern jeden Tag wie Verschmachtende auf die drei Stück Verpflegungszigaretten, aber die sind in einer Stunde weg, dann die Kippen und wieder dreiundzwanzig Stunden Schmacht.«

»Trinkst du was?« fragte das Mädchen.

»Ja, Cadette, bitte ein Bier.«

»Na Prost!« sagte er dann. »Auf deine Zigaretten, Kamerad . . .«

Ich zahlte mit ihm zusammen, da er schnell sein Bier ausgetrunken hatte und gehen wollte; ich trat neben ihn an die Theke, als er seine Mütze wieder aufsetzte. Ich fragte: »Kannst du nicht meinen Krempel mitnehmen?«

Er war ein Wichtigtuer, verzog das Gesicht in sehr bedenkliche Falten, blickte erst auf meinen Tornister und die Tasche und sagte: »Mensch, die Karre ist ziemlich rappelig, weißt du? 'N alter Schlitten, aber na«, er gab sich einen gemacht forschen Ruck, »ich werde doch einen Kameraden nicht unnütz schuften lassen. Du kommst also zu uns?«

»Ja«, sagte ich, »dritte Kompanie.«

»Richtig, dritte sind wir. Laden wir also auf.«

Ich sah ihn neiderfüllt davongondeln. Zum Glück war die Straße schattig. Links war dichter Wald, der sich von Cadettes Haus an der Straße entlangzog, und auf der rechten Seite der glatten asphaltierten Straße lagen einige Häuser, die noch bewohnt zu sein schienen. Irgendwo auch hing auf einer Leine Soldatenwäsche: Hemden, Unterhosen und jene Strümpfe, grau mit weißen Ringen, die über die halbe Welt verstreut sind. Ich ging rasch, denn ich hatte nicht nur Angst vor meiner neuen Tätigkeit, auch eine gewisse Neugierde erfüllte mich. Jede Versetzung hatte etwas Erregendes. Noch hatte ich das Meer nicht gesehen, aber auf der Karte, die der Feldwebel mir beim Bataillonsstab gezeigt hatte, war der Punkt, der die Kompanieschreibstube anzeigte, ganz nah an jener erregenden Strichpunktlinie gewesen, die die doppelte Beschriftung »Hauptkampflinie – Flutlinie« trug. So war ich voller Ungeduld, nach drei Jahren das Meer wiederzusehen. Nach fünf Minuten war der Wald zu Ende. Zu beiden Seiten der Straße wieder jene üppigen Wiesen, und endlich sah ich links hinter einer sanften Bodenwelle neben einem Sandweg das Haus. Es sah reizend aus wie das komfortable Wochenendhaus eines reichen Mannes. Auf der rechten Seite des Weges war wieder eine Kneipe, eine Art Sommercafé aus Holz mit einer überdachten Veranda, im Hintergrund andere Häuser, und dann sah ich zum ersten Male seit Mittag wieder Feldwebelsterne zwischen Unteroffizierslitzen, einen Haufen Soldaten an einer Feldküche, und alle romantischen Vorstellungen von einem schönen Sommer an der Atlantikküste waren weg. Ich grüßte ein paar Feldwebel, die an einem Schuppen standen und der Essensausgabe zusahen, und hatte endlich die Schreibstube erreicht.

Nachdem ich ein paar Stufen hinaufgegangen war, sah ich schon mein Gepäck auf dem Boden liegen. Es roch alles dumpf nach Hitze und trockenem Gebälk. Ich hörte Stimmen, auch Willis Stimme, die irgendwo, wo offenbar Post verlesen wurde, »Hier!« rief, dann betrat ich die Stube, die das Schild trug: »Dienststelle Feldpostnummer ...« Nun, diese Nummer sah ich oft auf den Karten, die ich später für Ihren Bruder hier empfing und nach Larnton hinüberbrachte. Auch Ihnen wird sie unvergeßlich sein.

Als ich an der Tür die Zeremonie des Grüßens vollführt hatte, hörte ich sofort eine sächsische Stimme. Ich blickte dorthin, wo die Stimme gesprochen hatte, und sah einen Oberleutnant, der pechschwarzes lockiges Haar ziemlich eitel geschnitten trug, und mein erster Eindruck war, daß das rote Bändchen des Eisernen Kreuzes wunderbar mit seinen wie gewichsten Haaren harmonierte. Er mochte ungefähr vierzig sein, und auch er trug einen Schnurrbart, einen schwarzen, und beim Anblick dieses schwarzen Schnurrbartes mußte ich unwillkürlich denken, wie prächtig dieses Schwarz wiederum mit dem Silber seines Sturmabzeichens harmonierte.

»Aha«, sagte dieser Mensch, als er mich sah. Er sagte es nicht im Tone des Anschnauzens, eher vorwurfsvoll pädagogisch, und wirklich, eine halbe Stunde später wußte ich, daß er ein Schulmeister war. Ich nahm gleichzeitig das nicht unfreundliche Gesicht eines Hauptfeldwebels wahr, der noch jung war, und die unbewegte Miene eines Schreibers, der sehr sympathisch aussah.

»Aha«, sagte also dieser Mensch, »da haben wir den großen Herrn, der sich zu schwach fühlte, seinen Affen einen Kilometer weit zu tragen, nicht wahr?«

Bei diesen letzten Worten erweiterte er seine Augen, so daß sie richtig kitschig aufleuchteten, und blickte mich herausfordernd an.

»Herr Oberleutnant«, sagte ich und nahm vorschriftsmäßig Haltung an, »es erschien mir sinnlos, meinen Kameraden mit dem Fahrrad leer fahren zu lassen und das Gepäck zu tragen, das ich schon von Crutelles bis dorthin geschleppt hatte.«

»Von Crutelles bis dorthin!« wiederholte er ironisch. Der Spieß brach in Lachen aus.

»Lachen Sie nicht, Fischer«, fuhr ihn der Oberleutnant an, »diese verdammten intellektuellen Schweine, die jahrelang kommandiert waren, haben freche Manieren.« Dann wandte er sich mir zu. »Sie belieben also zu denken, Herr Obergefreiter, Sie belieben nachzudenken, wenn ich recht verstanden habe, wie?«

Ich war derart an fast zivile Manieren gewöhnt, daß ich fast mich verbeugt und »Allerdings« gesagt hätte. Ich verbiß es und sagte vorschriftsmäßig »Jawohl«.

»So. Und haben Sie nicht das Gegenteil gelernt, daß Sie das Denken auszuschalten haben, wie?«

»Nein«, erwiderte ich, »es wurde mir bei der letzten Einheit abgefordert, manchmal nachzudenken.«

»So«, sagte er erstaunt, und einen Augenblick lang erschien er mir wie ein Gegner im Boxkampf, der einen guten Stoß hat entgegennehmen müssen. Aber plötzlich brüllte er einfach los.

»Hier ist Schluß, hören Sie? Schluß mit dem Nachdenken, verstehen Sie? Schluß mit aller Intelligenz, verstanden?«

»Jawohl«, sagte ich.

»Und im übrigen merken Sie sich, daß ein Soldat sich nie von seinem Gepäck trennt.« Er wandte seinen billigfeurigen Blick von mir ab, zum Spieß hin und fragte kurz: »Wo stecken wir ihn hin?« Der Spieß entnahm einem Schubfach eine Liste, und der Oberleutnant wandte wieder sein SA-Mann-Auge zu mir (später erfuhr ich, daß er wirklich in seiner Heimat Standartenführer bei der SA war). Er fragte mich: »Welche Ausbildung haben Sie, ich meine natürlich, rein militärisch.«

»Gewehrschütze«, sagte ich, »Herr Oberleutnant, und Telefonist.«

»Quatsch«, sagte er wütend, »Telefonisten haben wir genug. Gewehrschützen nie.«

»Larnton ist an der Reihe mit Ersatz«, sagte der Spieß.

»Gut. Schicken wir ihn zu Herrn Schelling. Sonst noch was? Dienst für morgen ist klar, Munition wird auf die Stützpunkte geschafft zum Scharfschießen. Klar?«

»Jawohl«, sagte der Spieß.

Ich riß die Tür auf, nahm stramme Haltung an und ließ den Schulmeister passieren. Er würdigte mich keines Blickes mehr.

»Mensch«, rief der Spieß, als draußen die Schritte verhallt wa-
ren. »Ich hätte dich am liebsten umarmt, als ich hörte, daß du
Rheinländer bist, Mensch!«
Er gab mir die Hand, ich blickte in sein Gesicht und freute
mich. Er wies auf den Schreiber, der uns lächelnd zusah.
»Schmidt«, sagte er, »Schmidt ist wenigstens Berliner. Ein paar
Berliner haben wir ja, sonst alles Gemüse.«
Ich überreichte ihm das Kuvert mit meinen Papieren, das ich
selbst verschlossen und versiegelt hatte. Während der Schreiber
es öffnete, durchlas und ordnete, fragte mich der Spieß, wie es
zu Hause aussehe, wann ich zuletzt durch Köln, seine Heimat,
gekommen sei und wann ich Urlaub gehabt habe.
Er ging kurz danach zum Essen, und ich war mit dem freundlichen Schreiber allein, ließ mir von ihm etwas über die Stim-
mung, den Dienst erzählen, wechselte einige gemeinsame skep-
tische Betrachtungen über den Krieg und den Kompaniechef,
und eine Viertelstunde später war ich auf dem gleichen Wege
wieder zurück. Wieder kehrte ich bei Cadette ein, wieder trank
ich dort Bier und schenkte ihr eine Zigarette.
Dann ging ich jene Allee hinab, die mich so gelockt hatte. Immer noch nicht hatte ich das Meer gesehen, von der Schreibstube aus war es durch Wald verdeckt gewesen, außerdem hatte
ich dort die hellgraue Uniform des Oberleutnants gesehen.
Nun aber mußte es bald kommen. Die Straße verlief schmal
zwischen den Minenfeldern, und ich hatte das Gefühl, regel-
recht in eine Falle zu laufen. Auf beiden Seiten der Straße waren
die völlig zugewachsenen hübschen Villen, dann wurde es
freier, und links kam ein ziemlich großes, leergeplündertes Gebäude, das nach Schule aussah, und dann sah ich den hellen
Streifen des Strandes... Es war kaum Wasser zu sehen, die Küste war an jener Stelle so flach, daß die See bei Ebbe kilometer-
weit hinauswanderte. Ich sah ferne, unsagbar weit, wie mir
schien, eine helle und breite Zunge, die schmale Schaumwelle,
die das Meer vor sich herzuschieben oder hinter sich herzu-
schleppen pflegt, und dahinter einen ebenso schmalen, dünnen

Streifen Grau: das Wasser. Und sonst nur Sand, Sand und den hellen Himmel, der auch grau gebrannt war. Mich erfüllte das enttäuschende Gefühl, in eine trockene Unendlichkeit geraten zu sein, denn als ich den Blick aus der Ferne, in die er einfach hineingefallen war, zurückholte, sah ich auch vor mir nur Sand, Dünen, spärlich bewachsen, und dazwischen die Trümmer offenbar gesprengter Häuser – und Sand ...

Und nirgendwo einen Bunker, wie ich vermutet hatte. Zum Glück stand auf einer Düne neben einem straßensperrenden Spanischen Reiter ein Posten mit Gewehr; ein betonierter Weg führte zu ihm hin. Ich folgte ihm. Immer größer und deutlicher wurden der Stahlhelm und die Mündung des Gewehrs, und als ich oben angekommen war, entdeckte ich eine seltsame Siedlung. Das sah fast aus wie ein kleines Fischerdorf, in dem abends die Netze zum Trocknen aufgehängt sind. Diese Netze waren Tarngehänge, die Geschütze und Baracken verdeckten, und die Holzhütten waren ein Teil des berühmten Atlantikwalles im Sommer 1943 an einer strategisch sehr gefährdeten Stelle. Ich ging auf den Posten zu, und auf meine Frage nach Leutnant Schelling wies er mit gleichgültigem Gesicht auf eine etwas höher gelegene Baracke, doch ehe ich sie erreicht hatte, rief er mir nach: »Ist übrigens Oberleutnant, Kumpel, vertu' dich nicht.«

»Was?« fragte ich.

»Er ist Oberleutnant, is' ihm zwar egal, aber er ist es. Besser, du weißt es.«

Es erstaunte mich sehr, als Führer eines Zuges einen Oberleutnant anzutreffen. Im Jahre 1943 waren Offiziere so knapp wie Brot in einer Hungersnot, und es mußte mich verwundern, daß dieser kleine Stützpunkt, den notfalls ein Feldwebel hätte befehligen können, einem Oberleutnant unterstand.

Der erste, den ich sah, als ich die Bude betrat, war Willi. Er war allein und las einen Brief.

»Ah«, rief er, »du bist zu uns gekommen.«

»Ja.«

Willi legte den Brief beiseite, schob ihn unter einen Telefonapparat, denn er hatte das Fenster geöffnet und es zog von der See her.

»Mal sehen«, sagte Willi, »ob Herr Oberleutnant zu sprechen ist.« Er klopfte an die Tür, jemand rief – wie mir schien widerwillig – »Herein!«, Willi öffnete und meldete in den fast dunklen Raum hinein meine Ankunft. Eine brüchige Stimme sagte: »Gut, soll reinkommen.« Ich trat ein und schloß die Tür hinter mir.

Das Fenster war verhangen, und ich unterschied undeutlich eine Bettstelle mit einer langen grauen Gestalt darauf, einen Spind, Tisch und ein paar unkenntliche Bilder an den Wänden.

Ich empfand es als unsagbar wohltuend, daß dieser Mann sofort bei meinem Eintreten aufstand. Das mag Ihnen unwesentlich erscheinen, aber glauben Sie mir, wenn man viele Jahre in dieser Armee Soldat gewesen ist, stets mit sogenannten Vorgesetzten zu tun hatte, hat man ein unfehlbares Gefühl für menschliche Formen. Nun, wenn Sie wüßten, wie so mancher Ihrer Bekannten – ich brauche nur an meine zu denken –, irgend so ein angenehmer junger Mann, dem Sie nichts Böses zutrauen würden, wenn Sie wüßten, wie er sich zu benehmen pflegte, wenn er mit sogenannten Untergebenen zu tun hatte, ich glaube, Sie würden für ihn erröten vor Scham ...

Ihr Bruder war in fünf Jahren der erste Offizier, der mir begegnete, von dem ich behaupten kann, daß er sich sicher auf der schmalen möglichen Grenze bewegte, Befehlender und Demütiger zugleich zu sein, wie es dem Befehlenden geziemt. Nun, Sie werden das Gegenteil kennen, diese Pimpfenleutnants: Vollkommen unwissend, geistlos und nicht einmal ihres militärischen, geschweige denn des soldatischen Handwerks kundig, wurden sie lediglich gehalten durch die Gewalt ihrer beiden Achselstücke, nicht zuletzt durch ihre schicken Stiefel. Und wie groß die Dämonie der Uniform ist, mag Ihnen einleuchten aus der Tatsache, daß diese Riesenarmee sich einzig und allein auf diese idiotische Verkehrung der Werte stützte, denn die anfangs herumspukende scheinbare Idee erwies sich bereits vor dem Jahre 1943 als so nichtig und völlig substanzlos wie ein Luftballon, der fahl und verschrumpft auf einem Rummelplatz zertreten wird ...

Versuchen Sie, sich irgendeinen der zahlreichen Alters- und Klassengenossen Ihres Bruders vorzustellen – schweigen wir von Schnecker –, irgendeinen, sage ich, einen liebenswürdigen Menschen, der sich stets anständig und tadellos benimmt, und ich sage Ihnen: In der Kaserne ist er ein Schwein! – Und diese Armee schleppte ihre Kasernen durch ganz Europa mit sich ...

So war X und so war Y. X, der heute seine Verbitterung über die vorläufig hinfällige Karriere in amerikanischen Zigaretten und vagen politischen Hoffnungen erstickt und sich im übrigen mit seinen früheren Kameraden regelmäßig trifft, um sich wieder ins Gedächtnis zurückrufen zu können, wie man es »ihnen gezeigt« hat. Und Y, der sich mit verbissenem Eifer darauf vorbereitet, Staatsanwalt oder Studienrat zu werden, beides Berufe, in denen es Raum genug gibt, noch Wehrlosere als Soldaten anzuschnauzen: Kinder und Arme.

IV

Ihr Bruder also stand vor mir auf. Ich brauche ihn Ihnen nicht zu beschreiben: groß und schlank, ein wenig gebeugt damals, die blauen Augen voll Trauer, die Uniform ohne jede Dekoration. Er war in meinem Alter, fünf- oder sechsundzwanzig Jahre, und es mag Ihnen lächerlich erscheinen: Der Oberleutnantstern hatte ein furchtbares Gewicht an dieser Erscheinung. Ein Oberleutnant, auf diesem winzigen Stützpunkt in den Dünen mit fünfundzwanzig Mann Besatzung, als Befehlshaber einer Festung, die man in diesen Jahren schon einem Unteroffizier anvertraut hätte: Das bedeutete ein Schicksal.

Er wiederholte meinen Namen mit seiner fast heiseren Stimme. »Sie bleiben hier«, sagte er nach einem kurzen Blick in meine

Augen, »ich brauche einen Melder, der jetzige fährt morgen in Urlaub. Verstehen Sie?«

»Jawohl«, sagte ich.

»Gut. Lassen Sie sich bitte einweisen. Sie haben sich mit dem Sanitäter den Telefondienst zu teilen. Im übrigen müssen Sie zweimal täglich per Rad zur Kompanie. Und dann«, er schwieg einen Augenblick und blickte mich wieder an, »Sie werden es auf dem Herwege bemerkt haben, wir sind in einer Mausefalle, und niemand darf sie außerdienstlich ohne mein Wissen verlassen. Sogenannten Feierabend gibt es nicht. Verstehen Sie?«

»Jawohl«, sagte ich.

»Gut. Lassen Sie sich bitte von dem Melder die praktischen Dinge erklären.«

Er blickte mich wieder an. Ich betrachtete das als eine stumme Verabschiedung, grüßte und ging.

An dieser Front der Atlantikküste, mein Herr, wurde eine ganz besondere Art von Krieg geführt, der Krieg gegen die Langeweile. Stellen Sie sich eine Front vor, die von Norwegen bis an die Biskaya reichte und die keinen einzigen Gegner sich gegenüber hatte als die See. Und diese Front war ausgestattet wie jede andere Front auch, an der es täglich Verwundete und Tote gab. Schreiende und Sterbende, schrecklich Stumme. Aber hier war alles vollkommen erstarrt. Jede Nacht standen dort Tausende Soldaten auf Posten, die auf einen Gegner warten sollten, der nie kam und dessen Kommen manche mit Wollust herbeisehnten. Jahrelang standen dort Tausende jede Nacht dem Meer gegenüber, diesem Ungeheuer, das ewig gleich ist, ewig gleich, das kommt und geht, kommt und geht, und das stets lächelt, stets lächelt mit einem Gleichmut, der einen dazu bringen könnte, sich kopfüber hineinzustürzen. Ewig lächelt die See; selbst wenn es stürmte, war immer etwas wie Lachen darin, ein wildes Lachen ohne Hohn, aber ein Lachen. Die See lachte uns aus, das war es. Da standen die Geschütze, Granatwerfer, Maschinengewehre, Hunderttausende Gewehre lagen da auf Brüstungen oder wurden hin- und hergeschleppt mit dem müden Schritt der Posten. Nichts. Jahrelang das gleiche. Abends eine Parole auswendig lernen mit den verschiedenen Leuchtsignalen, Handgranaten zurechtlegen – Handgranaten gegen das Meer! –, tagsüber Ausbildung an Geschützen, Granatwerfern, Maschinengewehren und anderen Waffen, nachmittags Säubern der Geräte und Waffen und Exerzieren auf der Straße hinter der Düne, jahrelang. Jahrelang. Tagsüber fast acht Stunden Dienst und nachts mindestens vier Stunden Wache. Der ewige Kampf gegen den Sand, der unerbittlich in die letzte, schlecht zu säubernde Ritze jeder Waffe drang und den unweigerlich irgendein gelangweiltes Feldwebelauge entdeckte. Und irgendwo hinter dem Horizont, weit, weit, unglaublich weit, da war ein Feind, an den man nicht glauben konnte, weit, weit, ein Feind, dem das Meer sein Lachen abzulauschen schien. Das lagerte wie Wolken von Stumpfsinn über den idyllischsten kleinen Buchten, trieb uns zum Saufen.

Es gab Soldaten, die das schon seit 1940 betrieben. Aber selbst die, die es nur wenige Monate kannten, waren irgendwie verzweifelt. Die Verzweiflung ist die Hoffnung des Fleisches, mein Herr. Es gibt eine Art von Verzweiflung, die, selbst wenn sie sich nur im Geiste abspielt, ein wilder sinnlicher Genuß ist. Die Verzweiflung hat etwas von der Substanz des Kinos. Man trinkt sie, sie ist süß, sie ist süß, sie ist so süß, daß man ein Meer voll von ihr austrinken möchte, aber je mehr man trinkt, um so durstiger wird man und um so mehr spürt man, daß dieser Durst nie mehr wird zu stillen sein und daß man vielleicht hier auf Erden schon in der Hölle ist, denn die Hölle mag irgendwie der ewige Durst sein. Die Verzweiflung ist schrecklich, die Verzweiflung ist die Hoffnung des Fleisches, und man könnte sich versucht sehen zu beten: Führe uns nicht in Verzweiflung.

Selbst ein Mensch wie Ihr Bruder, der der Tröstungen seines Glaubens jederzeit gewiß war, ein Mensch, der so unendlich viel Kraft besaß, daß er sein Leben lang auf der Schneide eines

Messers hätte einhergehen können, um endlich von der letzten
Spitze dieser Schneide in ein ewiges Glück abzuspringen, selbst
ein Mensch wie Ihr Bruder war von dieser Verzweiflung ange-
fressen, als ich kam. In der Schwermut seiner Augen beobachtete ich in den ersten Tagen meines Dortseins etwas Unbe-
stimmtes, das mich fast an einen Amokläufer erinnerte, der
kurz vor dem Ausbruch steht. Oft, wenn er mit diesem Schulmeister telefonieren mußte, war in seiner Stimme ein Zittern,
als würde er im nächsten Augenblick ausbrechen und nur noch
schreien: Rindvieh, Rindvieh, Rindvieh!! In alle Ewigkeit hinein Rindvieh!
Nun, ich war so schwach, wie er stark war. Und ich war keinerlei Strapazen mehr gewöhnt. Ich hatte das Meisterstück
vollbracht, in der Uniform eines einfachen Soldaten ein Leben
zu führen, wie es mir gefiel. Ich hatte den Krieg 1940 kennengelernt, danach hatte es mich verlangt, nachdem ich zwei Jahre
lang in der Kaserne auf das Handwerk eines Infanteristen ge-
drillt worden war. Ich hatte nach diesen sechs Wochen Feldzug
genug vom Krieg. Staub und Dreck und Hitze, ewig schmer-
zende und brennende Füße, Blut und viel Hysterie und außerdem das Schlimmste: den widerlichen Feldzeichen der Nazis in
den Garten Frankreichs vordringen zu helfen. Danke. Vier
Tage vor dem Waffenstillstand erst wurde ich verwundet, unten
an der burgundischen Grenze. Ich genas wieder, lümmelte mo-
natelang in einem Lazarett herum und brachte es fertig, mich
nach Paris kommandieren zu lassen, mit einem bißchen aufge-
putschten Schulfranzösisch. Damals war ein Verwundeter noch
ein Held. Es war mir gelungen, nach Paris zu kommen, dann
half ich meiner Krankheit ein wenig nach, um die Stellung zu
halten, wie wir zu sagen pflegten.
Ein wenig hatte ich mich auf diesen neuen Dienst an der Küste
gefreut, wie man sich zunächst auf alles Neue freut. Aber nach
wenigen Tagen war ich der Verzweiflung nahe.
Diese Sinnlosigkeit war grauenhaft. Da standen die Männer jeden Morgen an ihrem MG oder ihrem Granatwerfer, übten, üb-

ten im Dünensand, übten diese Griffe, die sie schon gar nicht mehr beherrschten, weil sie sie zu lange geübt hatten. Sie kannten fast jedes Sandkörnchen persönlich. Und jeden Morgen dasselbe, und nachts dasselbe und immer nur als einzigen Gegner das Meer; ringsum Minenfelder, leere Häuser. Und nicht einmal genug zu essen. Nicht einmal genug zu essen, um bei Kräften zu bleiben. Die Verpflegung ist ein wesentlicher Teil des Krieges. Jeder vernünftige Offizier weiß das. Der Krieg kennt in seiner Praxis keine Romantik, da ist nirgendwo Platz für sogenannte Ideen oder Gefühle. Ein Soldat, der regelmäßig nicht satt wird, ist zu allem fähig, und es ist sein gutes Recht, sich etwas zu essen zu verschaffen. Die Verpflegungssätze waren geradezu lächerlich, mein Herr. Ich weiß, daß Sie es nicht wissen. Ich habe oft genug die Postkarten weggebracht: »Lebe und bin gesund, vielen Dank für das Päckchen. Heinrich.«

Stellen Sie sich einen Menschen vor, der acht Stunden am Tage Dienst macht, nachts vier Stunden Posten steht, mit einem Pfund Brot, zwei Löffeln Marmelade, dreißig Gramm Margarine und mittags einem Liter Suppe aus Wasser und Blumenkohl, in dem für hundertundfünfzig Mann das Viertelgerippe eines mageren, vom Küchenbullen des letzten Fleisches und Fettes beraubten Rindes ausgekocht ist. Nun, vielleicht denken Sie, das ist viel. Es ist nichts, wenn man gegen die Langeweile kämpft.

Nun, wir wußten uns zu helfen. Wir unterschlugen Munition und vertauschten sie bei überernährten Marinesoldaten und Artilleristen, die sich Zeit nehmen konnten, auf die Karnickeljagd zu gehen, gegen Brot. Die Marine betrieb dort eigene Landwirtschaft, und wir schlichen uns nachts auf die Kartoffeläcker in den Freiwachen, umgingen die Posten, die mit entsichertem Gewehr die Früchte bewachten, und wühlten im Dunkeln – wie Wildschweine – an den Stauden herum, um unsere Säcke zu füllen. Und glauben Sie nicht, daß wir uns aus irgendwelchen romantischen Gefühlen heraus der Gefahr aussetzten, angeschossen zu werden, denn die Posten schossen auf uns, wenn sie uns entdeckten.

Zählen Sie also zur Langeweile noch den Hunger hinzu, und bedenken Sie, daß Ihr Bruder drei Jahre an dieser Front gekämpft hat.

Am dritten Tage morgens, beim Erwachen, fiel die dumpfe Luft wie Blei in meine Lungen. Die Bude war von Rauch erfüllt, der Sanitäter wie immer am Telefon eingeschlafen, und sein stupider Schädel lag vorne in einer plattgeschlagenen Blechbüchse, die uns als Aschenbecher diente. Ich lag als zuletzt Gekommener natürlich im ungünstigeren der zwei Betten, im oberen, und ich hatte mich noch nicht an die Niedrigkeit des Raumes gewöhnt, richtete mich also jeden Morgen ahnungslos auf und stieß schmerzhaft mit dem Schädel gegen die Decke. Ich blickte auf die Uhr, es war halb sieben. Er hatte also das Wecken wieder um eine Stunde versäumt.

Die Soldaten waren stur. Sie kämpften um jede Minute Schlaf wie die Löwen. Und es war ihr gutes Recht, sie kannten keine einzige Nacht ununterbrochenen Schlafes, und es gibt wohl nichts Gräßlicheres, als jede, jede Nacht aus dem tiefsten Schlaf gerissen zu werden.

Die Nachtposten durften um sechs Uhr abtreten, wenn nicht gerade Flut war, was identisch war mit erhöhter Alarmbereitschaft. Wenn sie wollten, konnten sie bis halb acht noch schlafen, um sich dann wieder zum Dienst fertigzumachen. Damit die Küste während der folgenden zwei Stunden nicht gänzlich unbewacht war, zog für den ganzen Stützpunkt ein einziger sogenannter Tagposten auf, der auf einem erhöhten Punkt zu stehen hatte, mit Alarmsignal versehen war und der um acht abtreten und am Dienst teilnehmen mußte. Diesen Posten zu wecken, war Aufgabe des Melders. Und Sie können sich darauf verlassen, kein einziger der Nachtposten, selbst wenn er im Bett neben dem Tagposten lag, hätte auch nur mit der Wimper gezuckt, um diesen zu wecken. Es war Aufgabe des Melders, und wenn der Melder es versäumte, gut, dann war der Stützpunkt ohne Bewachung, und die Tommies oder Amerikaner konnten kommen, wenn sie endlich Lust dazu hatten.

Der Stützpunkt war also ohne Bewachung. Ich nahm das alles in den drei ersten Tagen noch einigermaßen ernst. Ich dachte wirklich, die Engländer kämen, und wenn ich morgens um diese Stunde erwachte, die für einen möglichen Angriff zweifellos die günstigste war, dann malte ich mir im Geiste das Bild lautlos herangleitender Landungsboote aus, die aufsetzten, ihre Mannschaften entsprangen dem Bug – und Hurra!

Ich sprang also auf, stieß den Sanitäter in die Seite und sagte: »Los, du mußt den Posten wecken.«

Dieser Sanitäter war einer der stupidesten Menschen, die ich je getroffen habe. Er war schon älter, zweiundvierzig Jahre, hatte krauses Haar und einen dicken unerschütterlichen Schädel mit winzigen, versoffenen Augen. Er schlief fast immer, konnte nicht nur kaum deutsch schreiben, selbst die gesprochene Sprache war in seinem Munde ein nur schlecht angewandtes Verständigungsmittel.

»Ah«, sagte er, sich die Augen reibend, »pennen ich, verdammt pennen ich, nie passiert.«

»Nein«, sagte ich, »nie passiert, aber geh jetzt bitte, es ist Zeit.«

Er suchte umständlich einen Zettel, der unter dem Telefonapparat lag, hielt ihn nahe vor die Augen und las den Namen still in sich hinein. Dann setzte er die Mütze auf, um zu gehen, aber da ich wußte, daß er oft den Falschen weckte – wir hatten ihn ein paarmal mit knapper Not davor bewahrt, von falsch Geweckten verprügelt zu werden –, nahm ich den Zettel und sagte ihm laut nach: »Pellerig, Bunker vier, erstes Bett links neben der Tür, unten.«

»Wie«, er drehte sich umständlich um, »ich denke, Brunswick.«

»Nein«, sagte ich, »Brunswick soll zur Schreibstube kommen, er soll in Urlaub fahren.«

»Ach so.« Er ging.

Ich steckte mir eine Zigarette an, fuhr mir durchs Haar und trat hinaus. Draußen war es wunderbar. Ein kühler sanfter Wind kam von der See, deren schaumig schlagende Zunge ganz nah vor unserer Hütte am Fuße einer Düne haltgemacht hatte; es war Flut, blaugrau das Wasser, und es roch wirklich nach See. Ich starrte auf diese unendliche Fläche, diese grandiose Ebene aus Wasser, sah den Möwen zu und hielt die Hand vor die Augen, um die Einsamkeit zu genießen. Vielleicht auch konnte ich ein Fahrzeug der Küstenwache entdecken; und es war immer schön, die See einmal durch ein Fahrzeug belebt zu sehen. Es war ein bedeckter Tag, die Sonne lag dick in eine graue Wolke eingepackt hinter mir. Nach Norden war der Blick durch jenen Kiefernwald verdeckt, der sich von Cadettes Kneipe bis an die Küste erstreckte. Man hatte mir gesagt, daß die Sommemündung zu sehen sei, wenn man bis zur Waldecke vorging. Ich beschloß, es am Nachmittag in einer freien halben Stunde zu versuchen. Irgendwo nordwestlich lag also England ... Man mußte übers Meer fahren, und plötzlich taucht eine Insel auf – England ...

Ich beobachtete Kandick, den Sanitäter, und stellte fest, daß er in den richtigen Bunker ging. Alles war still, sanfte Schwaden morgendlicher Nebel lagen über den Dünen und Hütten, es war die einzige Stunde des Tages, wo hier wirklich Friede war. Plötzlich sagte hinter mir eine Stimme: »Guten Morgen.« Ich wandte mich um, machte Front und grüßte militärisch.

Das Gesicht Ihres Bruders verzog sich. »Ich bitte Sie, lassen Sie das doch, ja?« Auch mir war es peinlich, aber ich mußte den Gruß doch irgendwie erwidern, und ich war schon zu lange im Gefängnis der Uniform, um die Freiheit aufzubringen, einfach »Guten Morgen« zu sagen – so wie ein Badegast in einem Seebad den anderen begrüßt ... Er bemerkte meine Verlegenheit. »Ich weiß, Sie sind es so gelehrt worden. Aber es paßt nicht, und Sie brauchen es nicht, nicht wahr? Wenn Sie wollen, sagen Sie ›Guten Morgen‹ zu mir. Es würde mir leid tun, Sie gekränkt zu haben, aber ich denke, wir verstehen uns ...«

Ich blickte zur Seite. »Vor allen Dingen«, fügte er hinzu, »weiß ich, daß es Ihnen widerwärtig ist – mir auch.«

Er ließ sich von meiner Zigarette Feuer geben und setzte sich auf eine kleine Bank, die vor dem Eingang unseres Bunkers stand. Diese ersten Minuten am Morgen, wenn man hinaustrat, die See sah, den Wind spürte und die herrliche Luft, wenn noch Stille herrschte, diese ersten Minuten waren schön. Aber das Gespenst des alltäglichen Dienstes war zu wirklich, zu sehr eingefressen in unsere Erinnerung, als daß wir uns lange hätten freuen können. Der Stumpfsinn ist die wirksamste Waffe des modernen Krieges.

»Sehen Sie«, fing er wieder an, »es soll Eltern geben, die morgens ihre noch schlaftrunkenen Kinder mit einem schneidigen ›Heil Hitler‹ begrüßen. Das gibt es wirklich, stellen Sie sich das vor.« Sein Gesicht war düster vor Ernst. »Kann man sich etwas Widerlicheres vorstellen?«

Ich sagte Ihnen schon, meine Verzweiflung war innerhalb von drei Tagen größer geworden als die Ihres Bruders in drei Jahren. Ich bin ein schwacher Mensch, habe keinen Halt, keine Religion, nur einen sehr vagen und windigen Traum einer gewissen Schönheit und Ordnung. Und doch waren wir beide, glaube ich, an diesem Morgen mit unserer Verzweiflung auf der gleichen Ebene. Er war drei Jahre lang allein angeschwommen gegen diese träge Flut der Eintönigkeit und des Grauens, ich war erst vor drei Tagen in diesen Schlamm gesprungen, und wir kämpften beide mit der gleichen Angst dagegen, unterzugehen. Wir waren wirklich wie Schwimmer, die sich einsam und verloren glaubten in einem großen Gewässer, plötzlich um sich blicken und sehen, daß jemand an ihrer Seite ist.

Nun sah ich ihn an. Diese Bemerkung über den Hitlergruß war so gewagt, daß er sich mir damit vollkommen preisgab, in einer Zeit, da man eines majestätsbeleidigenden Traumes wegen zum Tode verurteilt werden konnte ...

Ich sagte: »Herr Oberleutnant, ich denke, wir sind einer Meinung.«

In diesem Augenblick tauchte Kandicks dicker Schädel über dem Rand der Düne auf.

Ihr Bruder stand auf, um in seine Bude hinunterzugehen, weil er es vermeiden wollte, Kandick zum fünfhundertsten Male Vorwürfe über sein Verschlafen zu machen.

Ich war froh.

Bis zum Abend sprachen wir nicht mehr miteinander. Ich übernahm die Telefonwache, während er mit Kandick zum Dienst ging. Das heißt, er ging von Gefechtsstand zu Gefechtsstand, wohnte den Übungen bei, während Kandick für den Fall einer möglichen Verletzung beim Waffendienst alarmbereit in der Nähe der Latrine schlief – einem tragbaren Gehäuse, das an einer ziemlich hohen Stelle stand.

Mittags um elf löste mich Kandick wieder ab, ich mußte zur Kompanie, bevor der Dienst zu Ende war. In Pochelet – so hieß der Flecken, wo die Schreibstube war – lag für mich eine Aufforderung, zum Bataillon zu kommen, wo ich vom Gerichtsoffizier verhört werden sollte wegen einer Sache, die sich noch in Paris zugetragen hatte. Ich schlang mein Essen hinunter, um pünktlich um halb eins in Crutelles zu sein. Zum Glück schien die Sonne nicht. Als ich an jener einsamen Kneipe vorbeirasen mußte, warf ich einen verzweifelten Blick in den leeren Garten.

Die Vernehmung fand auf einer kleinen Stube im Bataillonsgebäude statt. Sie wurde von einem galligen Oberfähnrich geführt, der Gerichtsreferendar war und in unserem Regiment demnächst zum Leutnant befördert werden sollte.

Ich mußte bei diesem Verhör sehr auf der Hut sein.

Es handelte sich darum, etwas über einen Kameraden meiner Pariser Dienststelle auszusagen, der, wie sich bei der Liquidation der Einheit herausgestellt hatte, jahrelang einen Handel mit Blankoformularen französischer Personalausweise betrieben hatte. Wieviel Geld er ausgegeben, wieviel Frauen er gehabt und welche Anschaffungen er gemacht habe; ob mir irgend etwas verdächtig gewesen sei. Alle diese Fragen beantwortete ich zitternden Gewissens möglichst schonend für den Angeklagten, ich gab an, nichts zu wissen. In Wirklichkeit befand ich mich selbst in äußerster Gefahr. Auch ich hatte Urkundenfälschungen begangen, um in den Besitz von Zigaretten zu kommen, ich hatte bei Pferderennen gesetzt und gewonnen und in düsteren Kaschemmen deutsches Geld in französisches umgetauscht.

Er quetschte fast eine Stunde an mir herum, aber ich wich jedesmal so geschickt in die unantastbare Naivität eines einfachen Gemütes aus, daß er nichts von mir erfuhr. Er mußte mich entlassen.

»Verdammt«, murmelte er zwischen den Zähnen, »es ist wie ein Gehen im Schlamm, nirgends kommt man weiter.«

Ich fuhr sehr langsam zurück, es war fast zwei Uhr geworden. Vor drei Tagen war ich fast um dieselbe Zeit an dieser Kneipe vorbeigekommen. Ich stieg dort ab, warf das Rad gegen die Hauswand und wollte eintreten. Die Tür war zu.

Ich war wie erschlagen. Hatte sie nicht gesagt: Ich bin immer hier?

Aber was heißt schon, immer. Was bedeuten alle diese Worte, die wir gedankenlos aussprechen? Ich rüttelte an der Tür, schrie, aber nichts rührte sich. Ich umging das Haus, stieg über eine festverschlossene kleine Tür in den Hof, rappelte an allen Klinken, ging in den Stall, starrte in die ruhigen Augen der Kühe. Ich rief, rief, niemand war da. Ich kletterte zurück, ging von außen um das ganze Anwesen herum, aber da war nichts zu sehen als diese schwülen Wiesen mit ihren schilfüberwachsenen Bachläufen ... irgendwo schläfrige Kühe ... kein Mensch ...

Wann würde ich wieder einmal aus der Mausefalle herauskommen? Wann würde es sich wieder so wunderbar fügen wie heute? Schon faßte ich Pläne, nachts zu verschwinden oder Geschichten zu erfinden, die es mir erlauben würden, wieder zum Bataillon zu fahren. Mein Gott, ich mußte sie doch sehen!

Eifersüchtig haßte ich jeden Stein auf diesem holprigen Hof, über den in einer halben Stunde vielleicht wieder ihre Füße gehen würden, eifersüchtig die Klinken, die sie berühren würde mit ihren Händen, die nach Milch rochen. Ich haßte dieses ganze Haus, und dieser wilde Haß war fast identisch mit der

Hoffnung, sie wiederzusehen. Die Hoffnung des Fleisches ist Verzweiflung.

Während ich verzweifelt auf mein Fahrrad lostrampelte, faßte ich einen unfehlbaren Plan, sie wiederzusehen. Unsere Pläne sind immer unfehlbar. Ich würde mich krank melden, dann mußte ich zum Bataillon, und war ich erst einmal in Crutelles, würde mich nichts mehr hindern, sie wiederzusehen.

Aber etwas anderes wartete auf mich.

V

Zunächst beschloß ich, mich bei Cadette zu betrinken.

So wie die ultima ratio des Christen das Gebet ist, so war meine letzte Rettung der Trunk.

Jedes Narkotikum hat für mich einen unwiderstehlichen Reiz. Vielleicht hätte ich Apotheker werden und der Menschheit neue Drogen des Vergessens schenken sollen; allerdings hätte ich nie den Willen aufgebracht, die Materie gründlich zu studieren und mich bei Versuchen möglichen Mißerfolgen auszusetzen; ich bin nicht nur schwach, auch ungeduldig. Es muß alles sofort sein, sofort auch hätte ich dieses Mädchen sehen und umarmen wollen ...

Jeder Soldat verlangt den Trost des Vergessens sofort. Erklären Sie sich daraus den scheinbar unerklärlichen und für Zivilisten so erschreckend unmittelbaren Zusammenhang zwischen Soldaten und Dirnen. Die Dirne gewährt alles sofort.

Jeder Soldat steht immer vor dem Tode, er schwankt auf einem leise wippenden oder gefährlich wankenden Sprungbrett, das ihn abschleudern kann.

Während ich zurückradelte, erfüllte mich die Gewißheit, daß ich sie nie wiedersehen würde, mit wirklicher Verzweiflung. Nie mehr dieses blasse Gesicht sehen, nie mehr diese zwingenden Augen und dieses dunkle, rötlich schimmernde Haar über der fast grünlichen Haut ...

Ich beschloß, mich bei Cadette zu betrinken...

Jeder Abschied eines Soldaten ist im Grunde ein Abschied für immer. Welch eine Masse, ja wahnsinnige Masse von Schmerz haben die Urlauberzüge durch Europa gewälzt. Ach, könnten diese besudelten Flure sprechen, diese verschmierten Fensterscheiben schreien, und würden doch endlich die Bahnhöfe, diese grauenhaften Bahnhöfe, würden sie doch endlich anfangen zu brüllen von den Schmerzen und der Verzweiflung, die sie gesehen haben. Es würde keinen Krieg mehr geben. Aber mit zwanzig Eimern Tünche hat man eine solch entsetzliche Bahnhofshalle wieder in ein Forum für fröhliche Idioten verwandelt, sechs Quasten und ein paar innig pfeifende Anstreicher auf Gerüsten, und das Leben geht weiter. Das Leben geht weiter. Die Menschen leben nur von ihrem schwachen Gedächtnis. Sie durchschreiten die gleiche Sperre, die sie voll Todesangst passiert haben, heute, nach wenigen Jahren, lachend, um irgendwo selbst an der Errichtung einer potemkinschen Fassade mitzuwirken.

Ach, könnten die Gefallenen reden, die von irgendwelchen Zügen in den Tod geschleppt wurden mit grauen und traurigen Gesichtern, die Tasche voll von Marmeladebroten. Könnten die Gefallenen reden, es würde keinen Krieg mehr geben. Aber sehen Sie mich an, übrig bleiben nur die Schwätzer, jene, die sich durchgefuchst haben, die »es verstanden«; kein Fangeisen war in Europa für sie aufgestellt.

Ach, gäbe es nur Infanteristen, das ganze Geschrei Krieg oder Nichtkrieg wäre überflüssig. Es gäbe keinen mehr. Alle diese übriggebliebenen Helden, diese Spezialisten, für die der Krieg ein Sport war, ein Sport, der den Reiz hatte, ein bißchen gefährlich zu sein, alle diese Schwätzer loben den Krieg und sehnen sich aus der Langeweile ihres bürgerlichen Stumpfsinns zurück nach jener Zeit, »als noch ...«. Ach, hätte es nur Infanteristen gegeben! Früher bedurfte es keines Wortes, um den Krieg verächtlich zu machen. Jedermann wußte, daß er grauenhaft war, eine Pest, ein Schrecken. Sehen Sie heute diese sentimentalen Idioten an, die ihre gepolsterten Stiefelchen unter die Pulte ihrer langweiligen Büros stecken.

Ach, saufen, saufen ...

Ich trank zwei Flaschen, ehe mich das fürchterliche Mollusken-Gesicht hinter der Theke nicht mehr anekelte. Dann erst gab mir die lose gewordene Zunge den Mut, ihr deutlich zu sagen, daß selbst ihr allersüßestes Lächeln mich nicht verführen würde. Sie beschränkte sich darauf, mir neue Flaschen zu bringen, sorgfältig meine Kippen auszusortieren und manchmal ein gutmütiges Wort des Trostes einzuflechten, das ich ihr nicht übelnehmen konnte.

Sie kennen gewiß nicht das seltsame Gefühl, auf einem Barstuhl zu hocken und zu spüren, wie das Bewußtsein sich langsam verwirrt. Man sitzt da ganz still und starrt und ist doch voll abenteuerlichen Lebens. Diese vibrierende Stille des Trunkenen ist nur der verhaltenen Sicherheit eines Seiltänzers zu vergleichen, der hoch oben zwischen zwei Türmen in der Unendlichkeit schaukelt. Würde man diesen Mann nur bis zu seinen Füßen sehen – man würde denken, das ist ein ganz Vorsichtiger, der geht aber langsam und vorsichtig. Und in Wahrheit ist der, der da oben geht, ein ganz Unvorsichtiger.

Das Geheimnis glückseliger Trunkenheit ist eine maßvolle Maßlosigkeit.

Nehmen Sie dieses Paradox, wie Sie wollen. Man trinkt den Wein in sich hinein, läßt ihn die wählerische Pforte des Gaumens passieren, und zunächst fließt alles in einen schweigsamen Untergrund, ein Becken, das sich füllen muß – und plötzlich beginnt irgend etwas wie ein Barometer zu steigen. Unsichtbar und völlig unkontrollierbar bildet sich etwas wie eine kommunizierende Röhre des Geistes zum Körper, Glück und Wohlbefinden steigern sich immer mehr, je mehr die Spiegel dieser beiden Röhren sich einander nähern. Körper und Geist werden gegeneinander in die Wasserwaage gebracht – es ist ein stetes Spiel – wie Seiltanz ... eine köstliche Probe, die eigene Balancefähigkeit auszuprobieren. Unheimlich klare Erkenntnisse werden plötzlich wach, durchzucken einen, aber man behält nichts. Wie schmerzlich! Aber es entspricht wohl der vagen Zwecklosigkeit ihres Ursprunges, daß sie keinen Bestand haben.

Auch sah ich genau, daß Cadette mich betrog (alle Wirte leben von den Betrunkenen), sie wischte die Zahl, die meinen Verbrauch anzeigte, mehrmals weg und schrieb eine höhere hin. Ich sagte nichts. Es gehört zu jenem Zustand das Gefühl einer vollkommenen materiellen Gleichgültigkeit, die fast paradiesisch ist. Liebe und Trunk haben zweifellos, selbst wenn sie sich unter noch so verworfenen Umständen abspielen, auch in der letzten Szene noch etwas Paradiesisches. Ich ließ also Cadette gewähren, nicht nur aus jener Gleichgültigkeit, auch aus Faulheit. Es war mir zu dumm, den Mund nur zu öffnen, ein Gespräch oder gar Zank mit dieser widerwärtigen Maske anzufangen. Sie belauerte mich ängstlich wie eine Spinne im Netz, die auf den letzten Blutstropfen der Fliege lauert ...

Man weiß später nie, wie man nach Hause gekommen ist. Doch ist man schnurgerade mit jener tödlichen Sicherheit, die nur die Trunkenen kennen, den sichersten und kürzesten Weg gegangen.

Natürlich rächt sich der Körper, indem er das Barometer des Wohlbefindens weit unter den Nullpunkt fallen läßt. Vier Stunden Schlaf hätten mir genügt, aber Kandick war kleinlich wie ein Krämer. Ich hatte Telefondienst, und ich mußte ihn absitzen, auch wenn er noch zwei Stunden dösend neben mir saß. Er saß da, krakelte einen Brief an seine Frau zusammen und stieß mich ab und zu schadenfroh in die Seite. Diese Burschen sorgen dafür, daß das Gesetz erfüllt wird.

Ihr Bruder war zu einer Besprechung gegangen. Er kam erst, wie ich später erfuhr, gegen acht, als ich eingeschlafen und Kandick ins Bett gegangen war. Er hat neben mir gesessen von acht bis fast um Mitternacht. Ich schlief wie ein Toter, nicht einmal das schrille Klingeln des Telefons, das hart neben meinem Ohr stand, weckte mich. Der Schlaf nach dem Wein ist

fast so köstlich wie der Wein selbst; man sinkt in einen blauen
Brunnen, in grundlose Tiefen, mit einem wehmütigen Schrek-
ken im Herzen, bis man durchgesunken ist in ein Sediment
dunkler Halbbewußtheit. Der Weintrunkene vollführt im
Schlaf seltsame Gebärden von embryonaler Unbewußtheit; es
ist wie ein Stoßen gegen den Mutterleib, und das Erwachen ist
wie eine Geburt: schmerzlich und selig zugleich ... Ich hatte
das Gefühl, mich irgendwo festgeklammert zu haben, so fest an
etwas, was ich an mich ziehen wollte, daß es nun mich selber
zog. Als ich wach wurde, blickte ich in das lächelnde Gesicht
Ihres Bruders und hielt einen Knopf seines Waffenrockes in
meiner Hand.
Nun, es war peinlich; ich wußte nicht, wohin ich sehen sollte,
aber er fing meinen Blick auf und fragte: »Sind Sie einigermaßen klar?«
»Vollkommen«, sagte ich; ich war es wirklich.
Er stand auf und blickte zum Bett, wo Kandick leise schnar-
chend schlief, setzte sich wieder und begann. »Hören Sie«,
sagte er leise, »ich flehe Sie an: Saufen Sie nicht! Wenn Sie anfangen zu saufen, sind Sie in einem Monat ein verlorener Mann.
Wenn Sie nach drei Tagen schon dieses künstlichen und kurz-
anhaltenden Trostes bedürfen, sind Sie in vier Wochen *perdu*.
Trösten Sie sich mit Nüchternheit, ich bitte Sie.« Er schwieg.
Es war Mitternacht, draußen hörte man das sanfte Anrollen der
Flut. Das Fenster mußte wegen der Verdunkelung geschlossen
bleiben, auch die Tür zu öffnen war unmöglich, die Luft war
dumpf, unheimliche Stille lastete hier. Ich stand auf, knipste,
ohne zu fragen, das Licht aus und öffnete Tür und Fenster; es
kam mild und kühl herein, frei und frisch.
»Ach«, fuhr er fort, »ich hasse es, jemand mit sogenannten ab-
schreckenden Beispielen zu kommen. Es stinkt nach Moral,
und ohne daß man es will, klingt bei solchen Verhandlungen
immer das ungesprochene Wort mit: Ich bin nicht so, ich, ich
bin nicht so. Sieh mich an. Ich flehe Sie an, besinnen Sie sich.
Was suchen Sie im Trunk?« fragte er plötzlich heftig und kurz.

Ich suchte erschreckt nach Worten, und mir fiel nichts ein als die kümmerliche Sentenz: »Vergessen und Glück.«

»Glück«, wiederholte er, »Glück? Wir sind nicht geboren, um glücklich zu sein. Wir sind geboren, um zu leiden, zu wissen, warum wir leiden. Unser Schmerz ist das einzige, was wir werden vorzeigen können. Gute Taten bringen nur ein paar Heilige fertig, wir nicht ... und beten ... vielleicht verstehen Sie das nicht. Vielleicht besser als ich ... wie?« Ich schwieg. Irgend etwas hinderte mich, ihm von dem Mädchen zu erzählen; außerdem erschreckte mich diese erste Begegnung mit einem Pathos, das ich noch nie kennengelernt hatte. Ich hatte nur den Wunsch, es möchte nie mehr hell werden.

»Und wenn Sie das nicht verstehen, daß wir nicht geboren sind, um glücklich zu sein, dann werden Sie gewiß verstehen, daß wir nicht geboren sind, um zu vergessen. Vergessen und Glück! Wir sind geboren, um uns zu erinnern. Nicht vergessen, sondern Erinnerung ist unsere Aufgabe ...«

Er sprach sehr leise, aber selten sind mir Worte so klar und unvergeßlich eingegangen. Kandick schlief, draußen im Dunkeln rollte die See abwärts, die winzige Abschüssigkeit des Strandes hinunter.

Ich wußte keine Erwiderung.

»Werden Sie jetzt nicht mehr einschlafen?« fragte er schließlich ruhig.

»Nein«, sagte ich.

»Gute Nacht.«

»Gute Nacht.«

Er stand auf, öffnete vorsichtig seine Tür, und ich war allein. Leise und stetig rollte draußen die Flut zurück, leise und unerschütterlich schnarchte Kandick.

Mein erster Gedanke, als Ihr Bruder die Tür hinter sich verschlossen hatte, war: Ich werde sie wiedersehen! Ich vergesse das nicht ...

Jedes Erwachen war furchtbar, mein Herr. Trost, den man abends gewonnen glaubte, war im Angesicht des Tages zerronnen, und keine Schönheit des Meeres, nicht die Frische des Windes und das stille Gurgeln des Wassers halfen darüber hinweg.

Einige Tage vergingen in einer seltsamen unruhigen Ruhe. Ich versah meinen Dienst gleichmäßig, die Zeit verstrich wie ein regelmäßiges Band, das vor einem bewegten Hintergrund vorbeigezogen wird. Wenn ich abends Telefondienst hatte, saß Ihr Bruder immer bei mir. Kandick hatte angefangen, im Keller eines gesprengten Hauses hinter den Dünen eine Kantine zu betreiben.

Bei unseren Gesprächen nannten wir nie einen Namen, bezeichneten nie eine Einrichtung oder eine Person dieses untergehenden Reiches mit Namen oder Titel. Wir spielten mit der Sprache, wir waren wie Kinder, die sich Bälle zuwarfen, klatschten sie je nach Atem oder Laune vierzehnmal oder siebenmal gegen die Wand, und in dem Augenblick, wo wir spürten, daß unsere Kraft erlahmte, gaben wir sie dem Partner schnell zurück ...

»Jeder Mensch«, sagte er etwa, »der nicht in der Lage ist, seine eigene Unzulänglichkeit einzusehen, ist doch ein rechter Schwachkopf und im Grunde genommen dumm. Ein eitles Genie ist kein Genie mehr. Wer nicht weiß, daß er einem Plan untergeordnet ist, den er nicht kennt, ist dumm. Ein dummes Genie gibt es nicht, also ist es kein Genie mehr. Bleibt nur die unrühmliche Möglichkeit, ein Genie der Dummheit – oder des Verbrechens zu sein. Verstehen Sie?«

»Gewiß«, sagte ich, »und stellen Sie sich einen Dummkopf vor, der sich für ein Genie hält, und dem viele Menschen, sagen wir einmal achtzig Millionen – täglich durch heiseres Gebrüll bestätigen, daß er ein Genie ist, ein Universalgenie sogar: ein Künstler, Staatsmann, Stratege, wie es ihn in diesem Ausmaß noch nie gegeben hat. Jeden Tag brüllen sie ihm das zu. Er ist die Vollendung schlechthin. Der Versuch, etwa zu behaupten:

Ich bin wie X, würde schlimmer geahndet als der Versuch zu sagen: Ich bin wie Gott. Nicht wahr?«

»Allerdings. Von einem solchen Menschen zu verlangen, daß er zur Besinnung kommt, ist fast unmöglich. Aber wie ihn unschädlich machen?«

»Es gibt nur eins«, sagte ich ruhig, »man muß ihn ermorden.«

»Schön. Ermorden. Aber da kommen die Schwierigkeiten. Wie an ihn herankommen, welchen Weg wählen? Sehen Sie ...«

Einige Tage lang sprachen wir so über alle Einrichtungen dieses verfluchten Staates, wir führten sie auf ihren Nullpunkt zurück, bliesen sie auf wie Seifenblasen, ließen sie wieder zusammenfallen und fegten die Reste einer möglichen Substanz zusammen, um sie zu betrachten.

So gingen ein paar Tage schnell dahin. Eines Abends war ich wie üblich gegen fünf zur Kompanie gefahren. Es war immer schön, aus der Mausefalle herauszukommen. Ich fuhr langsam die wunderbare Allee hinab, die vom Strande zwischen den verminten Häusern an Cadettes Kneipe vorbei auf die Chaussee führte. Immer freute ich mich, Menschen zu sehen, Frauen, Zivilisten. Mein Gott, mit welch einer Freude kann ein Soldat eine Frau sehen; wenn man immer nur mit Männern zusammen ist, immer nur mit Männern, ihrem Geruch, ihrer Geschwätzigkeit, ihrem Schmutz, ihrer ganzen spröden Trockenheit. Immer freute ich mich auf diese Fahrten. Und wie glücklich war ich im Gegensatz zu den vielen anderen, die, wenn sie Glück hatten, einmal im Monat den Stützpunkt verlassen durften. Allerdings gab es da Auswege, mit einer Tollkühnheit ersonnen, die man nur aus der verzweifelten Sehnsucht nach der Welt verstehen kann; heimliche Wege durch Minenfelder, plötzliches Verlassen des Postens; ach, und diese Welt bestand für die meisten doch nur in den fragwürdigen Tröstungen von Cadette.

Ich fuhr also immer langsam, trank vielleicht ein Bier oder Wein unterwegs, nahm Post und Parolen auf der Schreibstube in Empfang und fuhr ebenso langsam wieder zurück.

Es war September geworden, die Hitze hatte sich nicht sehr verringert. An den Abenden lag sie wie schwüle Wolken auf den Sandflächen zwischen den Kiefernstücken; der Stumpfsinn brütete dort zwischen den Häuschen, fast alle waren Holzbaracken, die die Hitze in sich aufsogen.

An diesem Tage war der Kompaniechef gut gelaunt. Er pflegte mich sonst mit Mahnungen über Kleinigkeiten zu belästigen: die Pflege meiner Stiefel oder des Koppels, oder die Sauberkeit meines Fahrrades. An diesem Tage war er gut gelaunt, ich sah es gleich, als ich reinkam. Sein Auge strahlte. Ich sollte die Ursache bald kennenlernen. Er trug eine leichte Sommerjacke, war blendend rasiert, braungebrannt und schlug mit seiner Mütze leichtsinnig nach den Fliegen, die an den Scheiben des Schreibstubenfensters herumtrommelten. Der Spieß schien etwas nervös, der Schreiber zeigte sein prachtvoll gleichgültiges Gesicht. Dieser Schmidt wußte durch Gleichgültigkeit alles auszudrücken: Verachtung, Freundschaft, Freude, Haß.

»Sehen Sie zu, mein lieber Fischer, wie Sie's hinkriegen. Jedenfalls wird es Zeit, daß für die Verpflegung der Kompanie etwas getan wird. Die Vorbereitungen sind getroffen, die Organisation ist Ihre Sache. Heil Hitler. Ich freu' mich auf den Braten.«
Er kam an mir vorbei, ich riß die Tür auf, nahm Haltung an, und ehe er hinausging, blieb er noch einmal bei mir stehen und sagte: »Bin sehr zufrieden mit Ihnen, angenehm überrascht, wirklich.« Fast hätte ich mich verbeugt vor diesem hübschen Schulmeister. Er schritt hinaus: Eine vollendete Erscheinung, es fehlte nichts an ihm, er war hübsch, hatte eine ausgezeichnete Figur, war ein guter Offizier, und alle Dekorationen, die zum Gesellschaftsanzug gehörten, saßen sauber angenäht auf seiner Brust.

»Verdammt«, der Spieß schmiß den Federhalter hin, »wenn er was zum Fressen riecht, ist er nicht mehr zu halten.«
Der Schreiber lachte: »Er sagte, das Gehirn sei für ihn, Kalbshirn habe er sich schon lange mal gewünscht.«
»Ich wünsch' ihm das Gehirn einer alten Sau in den Bauch«,

rief der Spieß, dann sah er mich an, sein Blick hellte sich auf, und er rief: »Mensch, Sie können doch Französisch?«

»Ja«, sagte ich.

»Können Sie mit Vieh umgehen?«

»Nein.«

Er lachte. »Das macht nichts. Also hören Sie zu: Diese Nacht um zwei müssen wir eine Kuh abholen, zwei Kilometer von hier bei einem Bauern, trauen Sie sich das zu?«

Ich zuckte die Schultern. »Wenn Pferd und Wagen bereit sind, Geld da und zwei Leute, die helfen.«

»Gemacht«, rief der Spieß, »und das nächste Verdienstkreuz, das in diesem Haufen verteilt wird, ist für Sie.«

Er zog die Karte aus der Schublade, ich beugte mich über seinen Tisch und ließ mir den Ort erklären. Es war ein winziger Weiler, zwei Kilometer nordöstlich auf die Somme zu. Ich sollte um zwei Uhr nachts den Wagen an der Wegkreuzung unten treffen, abends aber noch einmal hinfahren und den Bauern genau einweisen. Ich war sehr froh über diesen Auftrag. Jede Gelegenheit, außer der Reihe ein wenig Freiheit zu schmecken, war sehr willkommen. Außerdem erhoffte ich, auf diesem Wege einmal zu einer billigen Butterquelle zu kommen, denn Cadette war in allem sehr teuer, und mein Geld ging langsam zur Neige.

VI

Auch Ihr Bruder war an diesem Abend sehr heiter. Bei der Befehlsausgabe ließ er die Andeutung fallen, daß es demnächst mal wieder etwas zusätzlich zu essen geben würde. Als wir in den Bunker zurücktraten, fragte ich ihn: »Sie wissen also Bescheid?« Ich dachte, er hätte auf den geplanten Kauf der Kuh angespielt.

»Nein«, sagte er erstaunt. Ich erklärte ihm meinen Auftrag. Er rief erfreut: »Das ist ja großartig. Da können Sie ohne Aufhebens meinen Plan mit ausführen. Ich dachte daran, für unseren Stützpunkt einen Hammel zu kaufen.«

Ich hatte vorgehabt, möglichst bald loszufahren, aber es fand noch eine Besprechung statt, an der ich teilnehmen mußte. Wir hatten uns ausgedacht, daß es möglich sein müßte, jedem Mann des Stützpunktes wenigstens alle vierzehn Tage eine Nacht ununterbrochenen Schlafes zu verschaffen, dadurch, daß die Postenzeit für jeden Mann pro Nacht nur um eine halbe Stunde verlängert wurde. Das ergab bei achtundzwanzig Mann Besatzung täglich vierzehn Stunden gewonnenen Schlafes, also eine wachfreie Nacht für einen Mann. Ich hatte mich bereit erklärt, den Plan aufzustellen; wir hatten allnächtlich die einzelnen Posten der Widerstandsnester in ein Wachbuch einzutragen und waren mit der Technik, einen Wachplan aufzustellen, vertraut. Es war eine Besprechung aller Unterführer anberaumt, dreier Unteroffiziere und eines Obergefreiten; sie kamen mit dem fertigen Ergebnis einer Rundfrage bei ihren Leuten: Der Plan war abgelehnt worden, man vermutete Betrug. Vor allem ein gewisser Töpfer, einer der älteren Soldaten aus der Gruppe des Obergefreiten, war mit dem Einwand gekommen, wie es denn sei, wenn jemand plötzlich versetzt würde; wenn er viele Tage lang täglich seine halbe Stunde zusätzlich gestanden hatte, wer würde ihm den Schlaf ersetzen?

Ihr Bruder blieb ruhig. Er zuckte die Schultern: »Ich kann natürlich niemanden zwingen. Versuchen Sie, den Leuten klarzumachen, daß *wir* beim besten Willen keinerlei Vorteil davon haben. Vielleicht wollen sie dann.« Er blickte die vier der Reihe nach an. »Nun, vielleicht haben die Leute recht. Das Postenstehen ist so alt wie das Soldatenspielen, und die Posteneinteilung ebenso alt. Und Sie können sich darauf verlassen, wenn man einem Soldaten unter normalen Verhältnissen mehr zumuten könnte, man würde es tun. Immerhin, es wäre zu versuchen.« Er schwieg einen Augenblick und rief dann: »Also nichts, meine Herren. Auf Wiedersehen. Und Sie, Nolte«, dabei wandte er sich an den jüngsten Unteroffizier, »lassen Sie doch

bitte heute abend noch die Lücke im Minenzaun flicken, möglichst mit altem Draht, damit es nicht so auffällt, nicht wahr?«
Nolte errötete, alle grüßten und gingen.

Ich folgte Ihrem Bruder in seine Stube. Er öffnete das Fenster, winkte mich heran und wies hinaus nach Süden, wo der Strand bis an die Flutlinie vermint war, ein breites Stück Küste bis in den Bereich der Nachbarkompanie. Dort lag ein wundervolles, gut erhaltenes Kinderheim nahe am Strand im dicksten Minenfeld. Man hatte vielleicht gezögert, es zu sprengen, weil es ein außergewöhnlich wertvolles Anwesen war. Ich folgte seinem Finger, war aber verwirrt von seiner Frage: »Ist Ihnen nichts aufgefallen an der abgehenden Post in den letzten beiden Tagen?«

»Ja«, sagte ich erstaunt, »es waren unheimlich viele Päckchen dabei.«

»Ja«, antwortete er lachend, »Sie transportieren nämlich, ohne es zu wissen, ganz langsam das Kinderheim nach Dresden, Leipzig, Glauchau und Schneiwitzenmühl und wie die Nester alle heißen mögen. Ja«, sagte er in mein erstauntes Gesicht hinein, »seit ein paar Tagen plündert Noltes Gruppe systematisch in den Freiwachen dort herum, jetzt hängt Friegers Gruppe schon dazwischen, und die Prügelei ist bald im schönsten Gange, und heute oder morgen schleicht der ganze Stützpunkt nachts auf Socken durch die Dünen, um ja nicht zu kurz zu kommen.«

»Um Gottes willen«, rief ich, »und die Minen?«

»Das ist das wenigste, da besteht keine Gefahr, obwohl sie sich vielleicht gegenseitig umrennen; aber Nolte, dieser raffinierte Junge, hat in Geneu beim Regiment einen Pionierunteroffizier aufgetrieben, der seinerzeit die Minen mitverlegt hat. Sie haben einen genauen Plan, und außerdem: Minen, die drei Jahre Zeit gehabt haben durchzurosten, sind nicht mehr so schrecklich gefährlich. Ich hoffe nur, daß Nolte die Andeutung richtig verstanden hat. Kurz bevor Sie kamen, ist einer meiner Unteroffiziere vors Kriegsgericht gekommen, weil er Minenzäune mit der Drahtschere durchschnitten hat: Die Kühe rochen das hohe, wunderbare Gras und rannten natürlich hinein. Ergebnis: zwei schwerverletzte Kühe, die auf der Stelle notgeschlachtet werden mußten.« Er lachte wieder. »Hoffentlich ist Nolte vernünftig, es wäre mir sehr schwer, irgend etwas zu melden. Das Peinliche ist nämlich, daß ich gar nicht gegen das Plündern bin.« Er zündete eine Zigarette an und blies den Rauch langsam und sehr fröhlich nach draußen; überhaupt war er sehr heiter und frei an diesem Abend. »Passen Sie auf«, sagte er. »Nach meinem Gefühl gehört es einfach zum Soldatenberuf. Man kann doch von einem Soldaten nicht erwarten, daß er sich wie ein Kaplan im Sommerurlaub benimmt. Jeder Beruf hat seine Spielregeln. Man hat diese Arbeiter, Schuster, Ankerwickler zu Soldaten gemacht, diese braven Leute, man hat sie wild gemacht, stolz, nachdem man sie zuerst gezähmt hat. Verstehen Sie?«

Ich verstand nichts.

»Nun, geben Sie acht. Man zieht ihnen die Uniform an und tötet das, was die Preußen den inneren Schweinehund nennen, das Gefühl für Menschenwürde und die glorreichen Freiheiten eines Zivilisten. Gut. Das wäre geschehen. Die Kaserne hat – wie sie glaubt – ihren Zweck erfüllt. Dann schickt man die Männer hinaus, um zu töten oder sich töten zu lassen, und diese Beschäftigung macht ein bißchen wild, auch hier, wo gar nicht getötet wird. Erst recht, wenn diese Helden nichts zu essen kriegen. Dann aber kommt man mit Vorschriften, die mehr Zahmheit von ihnen verlangen als von einem Zivilisten. Mehr Biederkeit, Würde, Opfermut, als sie früher je besessen haben. Man verbietet ihnen zu plündern, während man sie gleichzeitig hungern läßt. Da haben Sie einen typischen deutschen Krampf. Das brüstet sich in wilden Reden, das will die Welt erneuern, das nennt sich Revolution und scheißt in die Hosen aus Angst um seinen guten Ruf, wenn ein paar Soldaten mal Fensterscheiben einschlagen und sich Wurst oder ein paar Hemden mitnehmen. Verstehen Sie?«

Ich konnte nur nicken, ich war erstaunt über diese neue, unvorsichtige Offenheit.

»Weiter«, rief er, »weiter. Ich will mir dieses Anliegen mal vom Herzen reden. Mein Gott, in einem Schlachthaus fließt eben Blut, und wer das nicht ausstehen kann, soll aufhören, Fleisch zu essen. Und Plündern ist meines Erachtens das gute Recht eines jeden Soldaten. Man dürfte nicht das Plündern verbieten, man sollte sie nicht zu Soldaten machen. Der ganze blödsinnige Quatsch fängt mit dem romantischen Irrtum vom sogenannten Volksheer an. Verdammt noch mal, Soldat ist ein Beruf, und man kann ihn erlernen. Und wenn man sie zwingt, und sie sind doch alle gezwungen, diese braven Leute, dann sollte man sich nicht wundern, wenn vielleicht Soldaten daraus werden. Na«, er ging an sein Bett, »ich hoffe, daß sie sich meine Andeutung zu Herzen nehmen und es so machen, daß ich nichts sehe. Nun, gehen Sie und vergessen Sie unseren Hammel nicht.«

Ich ging und setzte mich auf mein Rad.

Die Karte, die ich vom Spieß bekommen hatte, erwies sich als zuverlässig. Hinter der Kreuzung, die zur Schreibstube führte, hatte ich noch ein Stück geradeaus zu fahren und dann rechts einzubiegen. Hier waren manche Wege schon gefährlich. Sie führten an kleinen Sumpfstücken vorüber, die dort still brüteten, vollgesogen mit Ruhe. Ich überquerte zweimal einen Bachlauf und war nach fünf Minuten Fahrt doch etwas beunruhigt, noch keinerlei Anzeichen von Besiedlung zu erblicken. Aber als ich an einem Waldstück vorbeigefahren war, sah ich gleich ein einzelnes Haus. Nach meiner Beobachtung auf der Karte mußte das ein Punkt sein, der mit Daval bezeichnet war. In fast alle Bauernhäuser auf der Welt geht man von hinten hinein, und als ich in den Hof einbog, sah ich ein sehr friedliches Bild: Eine dunkelhaarige Frau saß vor einem Korb und war dabei, Erbsen auszuhülsen; ein junger Bursche von etwa vierzehn half ihr, und der Bauer saß dabei und rauchte die Pfeife. Ich hatte sie im Plaudern gestört. Ihr Lachen erlosch, als ich lautlos um die Ecke bog und auf dem sandigen Boden stoppte. Die Frau stieß einen kleinen Schrei aus, der Mann wandte sich mir stumm zu, und der Junge betrachtete interessiert die Rangabzeichen an meinen Ärmel.

»Guten Abend«, sagte ich. »Verzeihen Sie, bin ich hier richtig in Daval?«

Sie blickten sich fragend an. Ich hatte den Eindruck, als erwarteten sie eine Beschlagnahme oder etwas Ähnliches. Deshalb sagte ich: »Ich muß nach Tulby.«

»Dort«, sagte der Mann und wies mit der Pfeife in östlicher Richtung.

»Hier ist also Daval?«

»Ja«, sagte er trocken und kurz.

»Sie kennen Monsieur Preter?«

»Ja«, sagte er wieder kurz, »er ist ihr Onkel.« Er zeigte wieder mit seiner Pfeife auf seine Frau.

»Ach so«, sagte ich.

Die Frau blickte einmal auf, und mir schien, als sei sie weniger unfreundlich als der Mann. Der Bauer musterte mich ziemlich ungeniert. »Monsieur«, sagte ich zu ihm, »können Sie uns nicht einen Hammel verkaufen?«

»Wem?« fragte er kühl.

Ich versuchte zu erklären und nannte einen Preis von etwa dreißig Mark.

Die beiden lächelten sich zu, und der Mann sagte: »Sie meinen wohl das Doppelte, wenn – ich meine, wenn«, fügte er träge hinzu, »wenn ich einen verkaufen würde.«

»Man könnte vielleicht darüber reden.«

»Dieses Jahr«, sagte er kurz, »ist zu trocken. Ich kann Ihnen keinen Hammel verkaufen. Wenig Futter für das Vieh.«

»Eben darum«, sagte ich.

»Wie?«

»Nun, wenn Sie kein Futter haben, schlachten wir einen, einen Fresser weniger.«

Er lachte, nicht mehr so unfreundlich.

Ich hätte Lust gehabt, mich zu ihnen zu setzen und mitzuhelfen beim Erbsenhülsen; es war ein wunderbarer Abend, aber wie ich dort stand, in der verhaßten Uniform, auf die Querstange meines Fahrrades gestützt, die Mütze in der Hand, kam ich mir sehr heimatlos vor.

»Nun, wie ist es?« fragte ich.

»Sie sind sehr hartnäckig.«

»Wir haben Hunger.«

Seine trägen Augen wurden etwas wacher. »Sie haben Hunger?« fragte er fast kindlich, »bekommen Sie denn nichts zu essen von Ihrer Kompanie?«

Ich schämte mich wirklich und wurde rot.

»Nun«, sagte ich ungeduldig, »sagen Sie ja oder nein.«

»Claire«, er wandte sich an seine Frau, »was meinst du?«

Ich wußte, daß ich gewonnen hatte. Die Frau sagte zögernd, ohne aufzusehen: »Zu diesem Preis ...«

Er stand auf. »Folgen Sie mir.«

Wir traten ins Haus.

Ich wurde mit ihm einig und verabredete, daß wir in der Nacht den Hammel holen würden. Fünfundvierzig Mark in Francs ließ ich da. Es fiel mir schwer, das Haus zu verlassen. Ich stand noch eine Weile da, nachdem ich aus dem Stall zurückgekehrt war, rauchte langsam meine Zigarette zu Ende und blickte den Himmel an, der rötlich-grau und sanft über dem Meer hing. Es war sehr still, fernes Quaken von Fröschen und das leise, fast singende Geräusch, wenn die Erbsen aus den Hülsen in die blecherne Schüssel hüpften und manchmal mit einem hellen Ton den Rand berührten.

Auch das leise zischende Saugen der Pfeife vernahm ich, und obwohl nicht jene eisige Feindschaft mehr zwischen uns lag, sogar ein gewisses Wohlwollen, spürte ich, daß ich nicht nur überflüssig, sondern störend wirkte.

Ich warf also meinen Stummel auf die Fliesen, trat ihn hastig aus, sagte »Guten Abend« und setzte mich wieder aufs Rad. Ich erreichte bald den Nachbarhof, der in einem buschigen Wäldchen lag, ein stilles, fast verfallenes Gehöft, wie man sie oft dort fand. Das Furchtbare an diesen Bauernhöfen ist, daß sie unbewohnt wirken, während doch Menschen in ihnen hausen. Es fehlt etwas von jenem Fluidum, das die bäuerliche Arbeit mit sich bringt, eine Art von Muße liegt über allem, die uns vollkommen unbäuerlich erscheint, eine dekadente Luft, fast etwas literarisch Schwermütiges, das an einem Bauernhof grauenvoll wirkt.

Der Bauer saß mit seiner Frau in der dunklen Küche, und ich sah als erstes eine glühende Zigarette.

»Guten Abend«, sagte ich unwillkürlich leise, »ich komme wegen der Kuh.«

»Kuh?« wiederholte eine langsame und spöttische Frauenstimme.

»Ja«, eine heisere, ebenso spöttische Männerstimme antwortete mehr der Frau als mir, »sie wollen eine Kuh kaufen, aber ...«

»Ich denke«, unterbrach ich, »der Kauf ist perfekt.«

»Perfekt«, wiederholte diese gräßliche Männerstimme, zu der ich das Gesicht nicht erkennen konnte, »nichts ist perfekt, gar nichts ist perfekt, verstehen Sie?«

Ich schwieg.

Da man mir keinen Stuhl anbot, setzte ich mich auf einen Hokker nahe ans Fenster und begann zu rauchen.

»Perfekt!« fing diese Stimme wieder an, diesmal schon unsicherer.

»Man sagte mir«, fiel ich ein, »daß der Kauf vollzogen sei. Diese Nacht soll die Kuh geholt werden.«

»*Merde*«, schrie die Stimme jetzt, »das nenne ich plötzlich. Nein, in Paris zahlt man für das Kilo Fleisch fünfzig Francs, und ich soll eine Kuh von vierhundert Kilo für fünftausend Francs abgeben, ich bin nicht verrückt, nein ...«

»Gut«, sagte ich leise und nüchtern, »nehmen Sie Ihre Kuh am Strick und führen Sie sie nach Paris. Dort bekommen Sie fürs Kilo sogar achtzig Francs.«

Ich spürte, daß die beiden den Kopf hoben und mich anblickten, aber das Scheußliche war, daß ich nichts sehen konnte als ein paar blitzende Stricknadeln und die Andeutung einer hellen Ballonmütze; die Zigarette war ausgespuckt worden.

»Schließlich«, sagte ich leise, »zwingt Sie niemand, die Kuh zu verkaufen, oder?«

Feindseliges Schweigen antwortete mir.

Diese Käufe waren eine Art legalen Schwarzhandels, sie verstießen gegen ein Gesetz, das wir selbst aufgestellt hatten und dessen Durchführung wir eigentlich hätten bewachen sollen, aber ich sagte Ihnen schon, Soldaten, die regelmäßig hungern, scheren sich den Teufel um solche Gesetze. Natürlich war meine Frage lächerlich, da ich sie als Abgesandter einer feindlichen Kompanie stellte, selbst wenn der Bauer nach dem Gesetz verpflichtet war, uns den Kauf zu verweigern.

»Nein«, sagte die höhnische Stimme, »niemand hat uns je gezwungen, nein.«

»Gut«, sagte ich aufstehend, »wir kommen also um zwei diese Nacht, ich habe einen Teil des Geldes bei mir.« Ich öffnete meine Brieftasche und entnahm ihr drei von jenen knisternden nagelneuen Tausendfrancsscheinen.

»Bitte«, sagte ich kurz.

Es gibt nicht viele Bauern, die dem Anblick richtigen Geldes widerstehen können. Die beiden erhoben sich sofort, die Frau stürzte zum Schalter, knipste Licht an, und nun sah ich sie erst, die beiden, und ich sah gleich, wie sie beide ihre Köpfe den Geldscheinen näherten. Sie waren alt, grauhaarig, mit spitzen Gesichtern, und einen Augenblick lang dachte ich, sie seien Geschwister, dann sah ich ihre abgewetzten Eheringe. Der Mann konnte nicht widerstehen, er nahm mir die Scheine aus der Hand und ließ sie mit einer schauerlichen Zärtlichkeit zwischen seinen Fingern knistern.

Wir Soldaten, mein Herr, haben eine furchtbare Verachtung für das Geld. Geld allein ist nichts. Es hat nur den Wert dessen, was man im Augenblick dafür bekommt: Wein, Weiber oder Tabak. Das Geld ist doch nur ein Mittel. Sparen oder Anhäufen erscheint uns lächerlich.

Der Kauf war geschlossen. Die Frau bot mir noch Butter und Eier an; ich verließ das Haus mit einem Pfund Butter, zehn Eiern und einem besonders köstlichen Besitz: einer Flasche roher Sahne.

Es war draußen fast dunkel geworden, eine schwermütige Düsternis lag über den Wiesen und Büschen. Ich fuhr vorsichtig zurück.

Schrecklicher Überdruß erfüllte mich. Ich sah alles ganz genau vor mir: Ich würde die Chaussee erreichen, würde bei Cadette ein Bier trinken, dann würde ich vier Stunden am Telefon sitzen und gegen den Schlaf kämpfen. Ich würde rauchen, obwohl mir nichts schmeckte, ich würde versuchen, einen Brief zu schreiben, es würde mir mißlingen, ich würde das Schnarchen Kandicks hören; und nach zwei Stunden würde nichts mehr da sein als Müdigkeit, hoffnungslose Müdigkeit, und ich würde nur noch nach der Uhr lauern, ob es nicht Zeit sei, Kandick zu wecken. So würde es noch vier oder fünf Wochen gehen, dann würden wir abgelöst, und in irgendeinem dieser hoffnungslosen Drecknester zehn Kilometer von der Küste entfernt würden wir exerzieren, ich würde nicht einmal mehr Geld haben zum Saufen, nichts zu rauchen, und nach diesen sechs Wochen würde ich wieder in einem anderen Bunker jede Nacht an diesem ewig stummen Telefon hocken, auf die Minute lauern, wo ich bleiern in Schlaf würde sinken dürfen.

Diese Nacht um zwei würde ich die Kuh holen und den Hammel, dann von sieben bis elf wieder am Telefon sitzen, um elf zur Kompanie fahren ...

Ich stieg einen Augenblick ab, weil das Geräusch des Fahrrades mich quälte.

Ich glaubte damals noch an den sogenannten Zufall, mein Herr. Ich glaubte, unser Leben sei ein Einzelstück inmitten von Einzelstücken, jedes für sich ein mehr oder weniger glänzendes Gemälde, ich glaubte an die völlige Zusammenhanglosigkeit aller Dinge und an die blasse und blinde Zwecklosigkeit unseres

Daseins, ahnte noch nichts von jenem geheimnisvollen Netz, das aus unzähligen Fäden geknüpft ist, jenem weiten, alles umfassenden Gewebe, in dem für jeden von uns eine bestimmte Masche geschlungen ist. Ich erreichte die Chaussee, stieg wieder auf und fuhr auf Cadettes Kneipe zu.

Sobald ich die Tür geöffnet hatte, schlug mir ein ungewöhnlicher Lärm entgegen. Wüstes Singen und Grölen. Ich sah Marine- und Luftwaffenuniformen – in der Nähe unseres Stützpunktes war ein Leuchtturm und ein Horchgerät der Luftwaffe –, dann wurde ich von mehreren Soldaten umringt und auf eine Gestalt aufmerksam gemacht, die hilflos auf einer Bank am Fenster hockte, mit glasigen Augen nichts zu sehen schien und nur seltsam blödes, völlig besoffenes Zeug murmelte; es war einer von unserem Stützpunkt, ein gewisser Wiering, ein sonst stiller, völlig unauffälliger Mann, der, soviel ich den Plan im Kopf hatte, keineswegs mit Ausgang an der Reihe war; er war, wie mir einfiel, vor wenigen Tagen dran gewesen und hatte seinen Urlaub für ein halbes Paket Tabak verkauft. Ich nahm mich Wierings an, der sich willig abführen ließ, nicht einmal sehr schwankte. Cadette beteuerte ihre Unschuld und bezichtigte ein paar lachende Flaksoldaten, ihn betrunken gemacht zu haben.

Ich lieferte Wiering beim Gruppenführer ab und verabredete mit ihm, daß wir sein Verschwinden verschweigen wollten, wenn es ginge. Dann betrat ich den Bunker, berichtete Ihrem Bruder meinen Erfolg und setzte mich gleichgültig ans Telefon. Kandick hatte sich gleich bei meinem Eintreten erhoben, war aufs Bett gesunken und schnarchte schon.

Ich lehnte das Anerbieten Ihres Bruders, für mich wach zu bleiben, ab und saß ihm noch eine Weile schweigend gegenüber.

In meinem Schweigen war viel Feindseliges. Ich haßte dieses Leben und übertrug meinen Haß auf Ihren Bruder als den Träger einer Uniform, den Inhaber eines Ranges, der dieses Leben gleichsam zu rechtfertigen schien.

Endlich erhob er sich, ging in sein Zimmer, drehte sich noch einmal um und sagte: »Vergessen Sie nicht, daß sich jede Minute unser Leben ändern kann. Nichts ist unabänderlich. Gute Nacht.« Vielleicht wußte er schon, daß seine Worte bald wahr werden würden.

VII

Die Ereignisse überstürzten sich nun so, daß ich sie erst in meiner Erinnerung ordnen muß, damit ich die Reihenfolge einhalten kann.

In der folgenden Nacht fand ich fast keinen Schlaf. Müdigkeit und Verzweiflung waren in mir wie eine immer wiederkehrende, übelschmeckende Flut, die ich fast wiederkauen mußte; sie wogte hin und her, wollte weder weichen noch mich ganz überschwemmen.

Kurz vor zwei weckte mich Kandick, der mich von Mitternacht an abgelöst hatte, und ich fuhr los, um die Küchenbullen zu treffen, Kuh und Hammel zu holen: eine beschwerliche, von vielem Ärger und Flüchen begleitete Unternehmung.

Es war gegen fünf, als ich vollkommen erschlagen den Rückmarsch antreten konnte, und es dämmerte bereits, als ich von Cadettes Kneipe aus in die Allee einbog. Ein herrlicher Morgen, gewiß, doch war ich zu müde, darauf zu achten; wie sinnlos und völlig gleichgültig empfand ich dieses graurosa Licht, das sich mit feinen, sanften Strahlen am nachtgrauen Gewölbe des Himmels emportastete. Es gibt einen Grad von Müdigkeit – welcher Soldat kennt ihn nicht –, der geradezu tödlich ist für Leib und Seele. Man würde einen Mord begehen für eine einzige Nacht voll Schlaf, man möchte in Weinen ausbrechen vor Erschöpfung, alles ist einem gleichgültig außer Schlaf, Versunkenheit.

Als ich den Bunker betrat, schlief Kandick über dem Tisch. Auch mein polterndes Eintreten weckte ihn nicht. Ich warf mich einfach auf mein Bett und schlief sofort ein, ich war zu müde, Kandick auch nur in die Seite zu stoßen, und außerdem war es mir gleichgültig, was geschah: mochte meinetwegen kommen, wer wollte, und den Stützpunkt ausheben.

Als ich erwachte, war Mittag: Ein dampfendes Kochgeschirr stand auf dem Tisch; Ihr Bruder saß daneben und blickte mich ruhig an. Er wollte eben den Mund auftun, um mich anzusprechen, als das Telefon klingelte. Er nahm den Hörer ab, meldete sich, und im nächsten Augenblick sah ich den Ausdruck maßlosen Erstaunens auf seinem Gesicht. Dann sagte er mehrmals: »Ja, ich hab' dich verstanden, ja...« Er legte den Hörer hin und brach in Lachen aus.

Zunächst war folgendes geschehen: Unser Kompaniechef hatte sich das Hirn der Kuh, die in der Nacht noch geschlachtet worden war, morgens gegen elf braten lassen, hatte es ganz verzehrt und war plötzlich derart marode geworden, daß er sofort per Auto nach Abbéville ins Kriegslazarett befördert werden mußte (er war übrigens wegen eines chronischen Magenleidens nicht »ostverwendungsfähig«). Ihr Bruder als nächstältester Offizier bekam das Kommando über die Kompanie.

Innerhalb einer Stunde mußten wir von Larnton nach Pochelet ziehen, richteten uns mit unserem nicht umfangreichen Gepäck in der Villa des Chefs ein, einem reizenden kleinen Häuschen von vier Zimmern, und waren zunächst froh, Larnton entronnen zu sein. Weitere zwei Stunden hatten genügt, unser neues Quartier etwas einzurichten, das Gepäck des alten Chefs beiseite zu räumen; gegen vier Uhr ging Ihr Bruder zur Schreibstube, um die Geschäfte zu übernehmen.

Ich saß den ganzen Nachmittag auf unserer kleinen Terrasse mit dem Blick aufs Meer und las in den Tagebüchern Kierkegaards, die Ihr Bruder mir geliehen hatte.

Da er gegen acht noch nicht zurück war, legte ich mich zu Bett und schlief gleich ein. Ich war sehr müde von den Strapazen der vergangenen Nacht und des Tages, und die Aussicht, eine ganze Nacht ununterbrochen zu schlafen, lockte mich sehr.

Am anderen Morgen verschlief ich fast bis acht, ich hatte eben noch Zeit, Ihren Bruder zu wecken, bevor ich mich eiligst zum Dienst begeben mußte, an dem ich nun teilzunehmen hatte. Zum ersten Male seit drei Jahren mußte ich mich wieder mit Fußdienst quälen. Wenn Sie ahnen könnten, welcher Schrecken mich heute noch überfällt, wenn ich nur das Wort ›Grundstellung‹ hinschreiben muß, dieses Wort, Basis des preußischen Exerzierreglements.

Ihr Bruder fuhr gegen halb neun Uhr weg, um zwei nördlich gelegene Stützpunkte zu übernehmen.

Der Morgen schlich sehr langsam dahin. Mittags war ich allein, ich aß lustlos mein Essen und döste auf meinem Bett bei Zigaretten und einer halben Flasche Wein.

Die Rückkehr Ihres Bruders weckte mich; ich hörte ihn eintreten, in sein Zimmer gehen, hörte, wie er das Koppel hinschmiß. Kurz darauf rief er mich zu sich.

Er schien müde und verärgert und bat mich gleich um eine Zigarette. Wir saßen einander in Sesseln gegenüber, und nach den ersten Zügen holte er zu meinem Erstaunen eine Flasche Wein unter dem Tisch hervor; er nahm Gläser aus einem Schrank, öffnete die Flasche und schenkte ein. Wir stießen an und tranken.

»Hören Sie zu«, sagte er schließlich, nachdem wir ein paar Minuten geschwiegen hatten. »Es gibt Leute, die zum Stiefelputzen geboren sind. Ein vollkommen einwandfreier, menschenwürdiger Beruf. Vielleicht sind Sie nicht dazu geboren, ich weiß es nicht. Andererseits möchte ich keinen anderen als Sie in meiner Nähe haben. Ich denke, daß wir ungestörter, ausgiebiger und weniger in Andeutungen werden sprechen können. Denn ich will etwas *tun*, verstehen Sie? Nicht nur reden. Wir müssen etwas tun, verstehen Sie?«

Ich nickte, obwohl ich mir nichts Rechtes vorstellen konnte.

»Also«, fuhr er fort, »werden wir uns am besten in das Stiefelputzen teilen. Nicht wahr? Einmal ich Ihre und meine, das andere Mal Sie Ihre und meine. Einverstanden? Im übrigen werden Sie morgens Dienst machen und nachmittags frei haben, wie es dem Putzer eines Kompaniechefs zukommt. Wir wollen nichts gegen die Vorschrift tun. Und etwas werden Sie noch übernehmen müssen, was ich einfach nicht kann: kochen.«

Ich blickte ihn lange an. »Ich mache einen Gegenvorschlag«, sagte ich, »jeder putzt seine Stiefel selbst. Kochen und Essenholen übernehme ich gerne.«

»Glänzend«, rief er, »glänzend. Eine gute Idee. Ich danke Ihnen.« Er reichte mir die Hand, trank mir zu, ich trank ihm zu, dann stand er plötzlich auf, ging auf das große Hitlerbild zu, das an der Stirnwand des Zimmers hing, ein prunkvolles Stück mit schwerem Goldrahmen, und drehte es einfach um. Er hatte die Hand noch nicht vom Rahmen gelöst, als sich die Tür öffnete und Schnecker auf der Schwelle stand.

Ich erhob mich vorschriftsgemäß: Schnecker blickte erst mich an, dann Ihren Bruder, der inzwischen an den Tisch zurückgetreten war, dann sagte Schnecker leise zu mir: »Lassen Sie uns allein.«

Ich ging zur Tür, grüßte dort und trat hinaus.

Laut auftretend durchschritt ich den Flur und horchte angestrengt zurück, aber es war noch nichts zu hören, und ich dachte mir, daß er wartete und darauf lauerte, bis meine Schritte sich endgültig entfernt hatten. Ich verließ das Haus, kehrte aber an der Hinterfront zurück und legte mich unter das geöffnete Fenster im Garten. Es war immer noch still.

»So«, sagte Hauptmann Schnecker schließlich mit ruhiger Stimme – er war offenbar zur Wand gegangen und hatte das Bild wieder in seine rechte Lage gedreht, »diese Kinderei wollen wir zunächst einmal berichtigen.«

»Ich frage dich«, sagte Ihr Bruder ebenso ruhig, »ob dies mein Wohnraum ist und ob es eine Vorschrift gibt, die Offiziere verpflichtet, Führerbilder in ihrem Hause zu haben.«

»Nein.«

Ich hörte, wie Ihr Bruder zur Wand ging, und ich wußte, daß er das Bild wieder umdrehte.

»Gut«, sagte der Hauptmann, »ausgezeichnet. Aber bei deiner unzweifelhaften Intelligenz dürfte es dir klar sein, daß es ziemlich eindeutig ist, wenn ein Offizier in Gegenwart seines Vorgesetzten Abscheu vor dem Bilde seines obersten Befehlshabers bezeugt.«

»Irrtum, mein Lieber. Ich verabscheue nur den Rahmen. Du wirst zugeben müssen zu wissen, daß ich in künstlerischen Dingen empfindlich bin, und ich empfinde es geradezu als eine Blasphemie, das Bild unseres so schlichten, so einfachen, so ganz und gar soldatischen Führers, der gesagt hat, er würde den Soldatenrock nicht ausziehen, solange der Krieg dauert; sein Bild in einen solchen Protzrahmen zu stecken, empfinde ich als eine Beleidigung seiner Person. Und letzten Endes ist der Führer ja auch Künstler.«

»Du bist immer noch stark in Grammatik, wie es scheint.«

»Stärker, hoffe ich. Ich hatte Muße genug, mich darin zu üben. Ihr habt dafür gesorgt.«

Sie schwiegen beide, und ich wußte, daß Ihr Bruder nun dastand, die Hände auf dem Rücken und ruhig Schnecker ins Gesicht blickte.

»Hör mir gut zu«, sagte Schnecker wieder, »ich habe mir alle Mühe gegeben, dich beim Regiment rauszureißen und dafür zu sorgen, daß man die alte Geschichte vergißt und dich hier zum Chef macht. Dieser Waschlappen wird ja wahrscheinlich wieder sechs Monate im Lazarett liegen, dann in Urlaub fahren und mit einem nagelneuen Magengeschwür hier ankommen. Es gab gehässige Leute, die dir gerne einen Leutnant vor die Nase gesetzt hätten. Ich habe es verhindert.«

»Es wäre mir gleichgültig gewesen.«

»Warum glaubst du wohl, daß ich es für dich getan habe?«

»Um mir eine Falle zu stellen.«

Der Hauptmann lachte wie ein Teufel: »Eine bessere Falle als die Mausefalle Larnton gab es doch nicht für dich. Dort hättest du alt werden können. Aber nein«, seine Stimme hob sich, »du hast nichts Besseres zu tun, als gleich am ersten Tage, am *ersten*

Tage fast wörtlich genau dieselbe Meldung zu schreiben, die damals der Anlaß dazu war, daß du für unfähig befunden wurdest, eine Kompanie zu führen. Du hast nichts Besseres zu tun, als dich um Margarine, Brot und Zucker deiner Leute zu kümmern. Es muß doch so erscheinen, als legtest du Wert darauf, nur Schwierigkeiten zu machen.«

»Ich kann mir hier nichts Wichtigeres vorstellen als das Brot, die Margarine, den Zucker meiner Leute. Ich kann leider nicht auf eigene Kosten die Befestigungen verbessern. Das wäre wohl das Nächstwichtige.«

»Du machst dich einfach lächerlich. Und außerdem gleich am ersten Tage wieder eins deiner Gesuche, nach Rußland versetzt zu werden. Du brauchst gar keine Angst zu haben, Rußland braucht noch so viele Offiziere, daß du an die Reihe kommen wirst.«

»Was wirst du mit meiner Meldung über die Verpflegung tun?« fragte Ihr Bruder ruhig.

»Ich werde sie zerreißen.«

»Das wirst du nicht tun«, schrie er jetzt, und ich hörte, daß sie aufeinander zugingen.

»Dann putze ich mir den Arsch damit ab«, schrie der Hauptmann rasend. »Hier«, es folgte eine kleine Pause, »hier«, rief er noch einmal, »sieh dir das an, lies dir diesen kleinen weißen Zettel durch. Das wurde gestern bei einer Brieftaube gefunden, die im Abschnitt unserer ersten Kompanie abgeschossen wurde. ›Die Moral der Truppe ist schlecht, und die Truppe hat Hunger.‹ Es ist natürlich für mich als Bataillonskommandeur äußerst schmeichelhaft dem Regiment und der Division gegenüber, wenn eine Brieftaube, die offenbar in meinem Abschnitt abgesandt worden ist, eine solche Meldung trägt. Das ist äußerst schmeichelhaft, und nun kommst du mit deiner blödsinnigen Meldung dazu, daß«, er gab seiner Stimme einen höhnischen Unterton und zitierte offenbar, »daß die Truppe das Gefühl habe, dauernd um zwar geringe, aber regelmäßige Mengen Fett, Zucker und Brot betrogen zu werden, und daß die Fouriere erklärten, sie könnten die planmäßigen Rationen auf Grund der ihnen zugeteilten Mengen einfach nicht ausgeben, und daß«, seine Stimme wurde schneidend, »daß das natürlich der schlechten Moral der Fouriere förderlich sei, denn wo zwei Gramm wirklich zu wenig seien, sei es einfach, fünf Gramm praktisch zu unterschlagen. Oh, das alles ist einfach herrlich für mich!«

»Fragt sich, ob es unwahr ist.« Die Stimme Ihres Bruders war wieder ruhig.

»Unwahr! Wir sind nicht berufen, die Wahrheit zu suchen, die es sowieso nicht gibt, wir sind berufen, den Krieg zu gewinnen.«

»Und das geht offenbar nur, indem man fortwährend hungrige Soldaten bescheißt, wie?«

Es folgte ein furchtbares Schweigen, und ich denke mir, daß sie noch näher aufeinander zugingen.

»Du glaubst wohl«, fragte endlich die heisere Stimme Schnekkers, »daß ich die Margarine und den Zucker deiner Leute fresse, was?«

Ihr Bruder schwieg.

»Glaubst du das? Ob du das glaubst?« Seine Stimme schien zu platzen vor Wut.

»Nicht direkt, natürlich.«

»Also indirekt, wie?«

»Nun hör du mir gut zu.« Die Stimme Ihres Bruders war sehr ruhig. »Der Zahlmeister ist nicht nur ein Dummkopf, sondern auch ein Schwein. Du bist dir darüber klar?«

»Selbstverständlich. Aber ich werde diesen Menschen einfach nicht los.«

»Das ist gar nicht nötig, man braucht ihm nur auf die Finger zu sehen. Und das kannst du nicht, weil du natürlich darauf angewiesen bist, von ihm zusätzlich Schnaps zu bekommen, der dir natürlich auch nicht zusteht. Verstehst du, du mußt dich jeden Tag besaufen. Ich weiß: Vom Sold eines Hauptmannes kann man sich dreimal im Monat richtig besaufen, wenn es gut geht, das weiß ich auch. Außerdem brauchst du natürlich Weiber. Du bist ein hübscher Bursche, ein vitaler Mensch, wie man so schön sagt. Gut. Du *kannst* dem Zahlmeister einfach nichts wollen. Diese Burschen sind Kaufleute, das heißt, sie sind nach allen siebenundzwanzig Himmelsrichtungen hin gesichert. Und du weißt, daß ich recht habe. Nicht wahr?«

Das Furchtbare war, daß ich nichts sah und jetzt auch nichts mehr hörte, und ich begriff in diesem Augenblick, da unter der Fensterbank liegend, daß Lauschen etwas Schreckliches ist.

Mein Gott, was machte Schnecker? Saß er da, geknickt auf seinem Stuhl, oder stand er mit gespannter Pistole da, bereit, Ihren Bruder jeden Augenblick niederzuknallen. Ich lag da wie ein Toter, wagte nicht, mich zu rühren oder wegzuschleichen ...

Es war wieder die Stimme Ihres Bruders, die zu sprechen begann. »Du mußt mich zu verstehen suchen«, sagte Ihr Bruder, »ich kann mir nichts Schlimmeres vorstellen, als einen Soldaten um Verpflegung oder Schlaf zu betrügen. Wir vertreten mit unserer Offiziersuniform schließlich die Macht, die diese Leute zwingt, sich kaputtschießen zu lassen oder sich zu Tode zu langweilen. Diese Last genügt mir. Ich möchte nicht noch dazu dafür verantwortlich sein, daß sie mehr hungern müssen, als planmäßig vorgesehen ist.« Er schwieg wieder eine Weile, dann war seine Stimme schwerer und dunkler als vorher. »Es ist vielleicht schade, daß ich sterben werde, im anderen Falle würde ich mich darauf freuen, nach dem Kriege eine Philosophie des Gramms zu schreiben.«

Jetzt erst erfuhr ich, daß Schnecker die ganze Zeit über da gestanden und gegrinst hatte, mit verschränkten Armen. Er brach in schallendes Gelächter aus, es war, als ströme eine lange zurückgehaltene Flut aus.

»Das also«, sagte er mit starker und fester Stimme, »das gibt es also auch noch, sogar in der Uniform eines deutschen Offiziers. Das gibt es noch.« Wieder brach klirrendes Lachen durch.

»So«, ich hörte seiner Stimme an, daß er das Koppel straffer zog und sich aufrichtete. »Nun also bitte wieder nüchtern. Die Meldung geht meinetwegen zum Regiment. Meinetwegen mach dich lächerlich und laß dich für drei Gramm Margarine totlachen, für drei Gramm Margarine, die abgezogen werden *müssen.* Und noch etwas: Mußtest du dir ausgerechnet das frechste Schwein des Bataillons zum Putzer nehmen und nachmittags hier Wein mit ihm saufen während der Dienstzeit?«

Ihr Bruder schien ihn schweigend anzublicken, dann lachte er: »Ach so«, sagte er, »du hast recht, es war halb fünf, als du kamst. Ich stelle dir anheim, eine Gegenmeldung zu machen.«

Nachdem ich gehört hatte, wie der Hauptmann draußen in seinen Wagen stieg, schlich ich mich zurück bis in den Schutz eines nahen Gebüschs, erhob mich und eilte schnell davon, dem Walde zu, der die Aussicht aufs Meer versperrte. Ich lehnte mich an einen Fichtenstamm und blickte über die See, die langsam heranrollte. Es war sehr still, die Luft war sanft, und es war nichts zu sehen als das Wasser, die Sandfläche davor, die langsam, sehr langsam wieder von der Flut überschwemmt wurde; einzig der Stacheldraht, der die Flutlinie entlang gezogen war, erinnerte an den Krieg.

Mich erfüllte eine schmerzliche Trauer, die ich noch nie gekannt hatte. Es gibt keine Gerechtigkeit, dachte ich, es gibt gar kein Gramm. Das Gramm ist eine Fiktion, ein Gramm ist nichts, und doch sagen Sie: Es ist ein Gramm! Und an diesem Nichts, an diesem Gramm werden sie alle reich. Alle werden nur reich am Gramm, also muß es doch etwas sein, das Gramm. Deshalb muß es so viele Arme und Betrogene geben, weil ein Gramm so wenig ist und weil so viele Gramm dazu gehören, einen Reichen reich zu machen; deshalb muß es so viele Millionen von diesen grauen, schlotterigen Gestalten geben, die mit ihrem Gewehr auf dem Kreuz gehorsam quer durch Europa ziehen, damit die Ratten fett werden, deren einzige köstliche Speise das Gramm ist. Wahnsinnig viele von denen muß es geben, die man zu vierzig in einen Waggon stecken

kann, in den mit dem besten Willen nur acht Pferde hineinge-
hen, weil die Pferde einfach größer sind als sie, größer und
wertvoller.

Ich war damals fünfundzwanzig Jahre alt, mein Herr. Ich war
kein unbescholtenes Gemüt, ein Landsknecht wie alle; ich
glaubte an nichts anderes als an die Wurst auf meinem Brot, wie
wir zu sagen pflegten, an Wein und Tabak. Ich glaubte wenigstens, an nichts anderes zu glauben. Aber woher kam diese na-
menlose Trauer, die mein Herz schwer machte wie Blei, die
mich lähmte, so daß ich zu müde war, auch nur in die Tasche
zu greifen, um Zündhölzer und Zigaretten herauszuholen.

Fünfzehn Jahre war ich alt gewesen, als man das Hakenkreuz
wie eine riesengroße schwarze Spinne an dem Himmel
Deutschlands aufgehängt hatte.

Ich hätte übers Meer wandern mögen, weit, weit weg in eine
andere Welt, in der es keine Uniformen gab, keine Polizisten
und keinen Krieg, aber ich war ja eingesperrt in diesen Käfig,
der Europa hieß; es gab kein Entrinnen, von dieser Küste aus
konnte ich viele Tausend Kilometer ostwärts wandern, ostwärts wandern bis an das Ende dieses wahnsinnigen Konti-
nents, bis nach Wladiwostok, und nirgendwo würde es Leben
geben.

In dieser Stunde hätte ich mein ganzes übriges Leben dafür verkauft, um in die Arme jenes Mädchens zu sinken, das gesagt
hatte: Ich bin immer hier, und das doch nicht dagewesen war.

Als es dämmerte, schlich ich nach Hause, legte mich auf mein
Bett und überließ mich der trägen Flut einer bleiernen Verzweiflung, in der nicht einmal mehr Platz für Begierde war. Es
war nichts zu hören in unserem kleinen Haus. Dort, wo die
Baracken waren, hörte ich schwaches Singen. Ich war unfähig,
irgend etwas zu denken oder zu tun, ich war erschlagen.

VIII

Zwei Tage später waren wir schon auf dem Wege nach Rußland.
Als ich am anderen Morgen erwachte, war alles wie immer. Aus
der Richtung der Küche hörte ich die Geräusche der Kaffeeho-
lenden. Im Zimmer Ihres Bruders war alles ruhig. Es war sieben Uhr, ich stand auf, ging in unsere kleine Küche, setzte die
Pfanne auf den elektrischen Kocher, ließ Fett darin zergehen,
holte den Brotlaib aus der Schublade und fing an, Brot zu
schneiden. Inzwischen war das Fett zerschmolzen, ich schlug
die Eier in einer Tasse mit etwas Sahne und rührte sie in der
Pfanne um. Dann ordnete ich das Tablett, setzte zwei Teller,
Tassen und Messer auf und ging zur Küche.
Es war immer friedlich am Morgen. Der ganze kleine Flecken
machte den Eindruck einer etwas verkommenen Ferienkolonie.
Es war schon warm, und die Landser standen mit bloßem
Oberkörper vor ihren Baracken und wuschen sich.
Der Spieß hockte in der Küche und beratschlagte mit dem
Koch, wie die Reste der Kuh zu verwenden seien. Er war be-
deutend kühler gegen mich.
»Sagen Sie doch dem Chef«, rief er mir zu, während ich mein
Kochgeschirr am Kaffeekessel vollaufen ließ, »sagen Sie, daß
für Nachmittag Gottesdienst angesetzt ist, beide Konfessionen,
hier. Die Stützpunkte sind benachrichtigt.«
»Jawohl«, antwortete ich.
Auch der Küchenbulle warf mir einen mißtrauischen Blick zu.
Er hatte mir nicht verziehen, daß ich seinen Verdienst von fünf-
hundert Francs an der Kuh verhindert hatte, und vermutete
wohl, ich hätte Ihrem Bruder davon erzählt.
Als ich die Küche verließ, rief mich von der Schreibstube
Schmidt herüber: »Um neun Uhr soll ein Melder zum besonderen Befehlsempfang zum Bataillon, hast du Lust?«
Ich blickte in Schmidts gleichmäßig-freundliches Gesicht und
sagte: »Ja«. Ich sah nichts anderes mehr als das blasse Gesicht

des Mädchens und stellte mir vor, daß ich meinen Mund auf ihre Wangen, ihre Lippen und in die kleine Grube ihres Halses drücken würde.

»Ja«, sagte ich noch einmal.

Schon von weitem sah ich am Fenster Ihres Bruders das mit Seifenschaum bedeckte Gesicht. Es war halb acht.

Kurz darauf brachte ich Kaffee, Brot und Ei ins Zimmer und berichtete ihm, daß Gottesdienst anberaumt und ich für neun Uhr als Melder zum Bataillon bestimmt sei.

»Ja«, sagte er, während er seinen Rock überzog, »es liegt etwas in der Luft, vielleicht wird die Kuh unser Abschiedsessen.«

»Glauben Sie?« fragte ich zweifelnd.

»In Rußland sieht es böse aus.«

Wir setzten uns, ich goß Kaffee ein, wir strichen Ei übers Brot, aber ich zündete mir erst eine Zigarette an. Es war das erste richtige Frühstück nach langer Zeit. Das große flache Fenster gegen Norden war offen, die kühle und doch sanfte Luft strömte herein, und der Blick fiel weit hinaus in die See.

Auch Ihr Bruder faßte das Brot nur an, ließ es wieder los, nahm einen Schluck Kaffee und fing plötzlich schnell, fast leiernd zu sprechen an. »Sie werden wissen«, sagte er, »daß ich die Eignung zum Kompanieführer abgesprochen bekam, weil ich gleich bei der ersten Kompanie, die ich führte, mir vorgenommen hatte, diesen ewigen Ungenauigkeiten beim Verpflegungsempfang einmal auf die Spur zu kommen. Sehen Sie, als ich am ersten Tage Chef war, sollte es pro Mann fünfundzwanzig Gramm Butter geben. Eine einfache Rechnung: zehn Mann ein Paket und fertig. Aber seltsamerweise gab es für zwölf Mann ein Paket. Meine Kompanie hatte damals mit allen unterstellten Einheiten hundertundachtzig Mann. Bei fünfzehnmal zwölf Mann blieben also irgendwo einundeinhalb Pfund kleben. Ich rief sofort den Fourier zu mir, er behauptete, es sei zu wenig ausgegeben worden. In seiner Gegenwart rief ich den Bataillonsverpflegungsfritzen an, der zugab, daß er pro Kompanie zwei Pakete habe zu wenig ausgeben müssen, da er nicht mehr empfangen habe. Mein Fourier hatte also schon mal ein Paket unterschlagen, den hatte ich wenigstens fest; die Kleinen fängt man immer gut. Blieb mir noch zu klären, wieso die Division für die fünf verpflegungsfassenden Einheiten unseres Bataillons hatte fünf Pfund Butter zu wenig ausgeben können. Ich telefonierte, bis die Brüder bald schwachsinnig wurden, ließ sie stundenlang nachrechnen, und es ergab sich, daß tatsächlich pro Einheit drei Pfund hatten weniger ausgegeben werden müssen, weil die Butter schlecht geworden sei. Ersatz wurde in Aussicht gestellt. Nach einer Telefonade von fast zwei Tagen hatte ich den Bataillonsverpflegungsfritzen mit zwei Pfund Minus an der Angel. Gut. Nun rechnen Sie sich aus, wieviel Bataillone, Abteilungen, wieviel verpflegungsfassende Einheiten eine Division hat. Seltsamerweise gab es drei Tage lang die volle Ration. Butter und Margarine schienen ihre Neigung, schlecht zu werden, zu verlieren. Aber ich blieb hartnäckig. Am vierten Tage wieder ein Manko. Kompanie- und Bataillonsfourier hatten diesmal saubere Finger. Wo eine Granate in der Nähe einschlägt, hat man Angst, aber hinten... Nun, ich hatte ja Telefon. Sie können sich denken, wie die Brüder mich haßten; ich war unerbittlich. Sagte mir einer, es sei etwas schlecht geworden, fragte ich an der ihm vorgesetzten Stelle, ob darüber Meldung eingelaufen sei und ob der Tatbestand geprüft sei. Aber ich kam nicht weiter. Es klappte nicht. Niemals länger als vier Tage hintereinander bekamen die Landser ihre volle Ration. Seltsamerweise verlor ich auch in meiner Kompanie an Beliebtheit; Spieß und Feldwebel hatten Angst und hielten mich für irrsinnig. Zum Glück hatte ich einige Offiziere auf meine Seite gebracht. Ich telefonierte, schrieb jeden Tag, wenn auch nur ein Gramm Marmelade fehlte, eine Meldung. Nun, es endete damit, daß ich den Divisionsverpflegungsfritzen eigenhändig ins Gesicht schlug; dieser Bursche war natürlich fett wie eine Wanze in einer überfüllten Kaserne. Die Offiziere ließen mich im Stich; sie sagten, es sei sinnlos, gegen die Verwaltung anzukämpfen, das sei eine Clique usw.« Er nahm einen Schluck Kaffee, nahm das Brot wieder in die Hand, ließ es wieder los. »Nun«, sagte er, »ich konnte natürlich nichts machen. In der Verhandlung wurde mir sinnloser Fanatismus, Don-Quichotterie vorgeworfen. Der Divisionsverpflegungsfritze blieb als rosiges unschuldiges Lamm auf dem Felde der Ehre. Ich bekam meine Strafe, wurde versetzt, entging knapp der Degradierung. Aber verflucht, ich wüßte keinen sinnvolleren Kampf als den gegen die Verwaltung, es ist die Verwaltung, jede Verwaltung ist die Verwaltung des Stumpfsinns, die Verwaltung der Verwaltung, oh, Gott. Ich möchte die Verwaltung des Lebens übernehmen. Ich möchte gegen diese Toten das Recht der Lebenden vertreten, und wenn ich bei der nächsten Attacke dem General meine Achselstücke ins Gesicht schmeiße. Ich will sie nicht«, er schrie plötzlich, schämte sich dann, rührte in seiner Tasse, obwohl weder Milch noch Zucker darin war, hob dann seufzend den Kopf und sagte: »Nun geht das wieder los. Sie können mir dabei helfen. Wollen Sie?«

»Herr Oberleutnant«, sagte ich errötend, »mein Gewissen ist nicht rein genug, als daß ich anderen Unterschlagung vorwerfen könnte.«

»So?« fragte er nur.

Ich erzählte ihm von meinen Pariser Machenschaften. Er hörte mir mit gesenktem Kopf zu, meine Geständnisse waren ihm offensichtlich peinlich.

»Sehen Sie«, fügte ich hinzu, als ich das Wesentliche berichtet hatte, »da, wo ich den Staat betrügen kann, habe ich keine Bedenken. Der Staat hat mir sechs Jahre meiner Jugend gestohlen, er hat mich gehindert, einen Beruf zu erlernen, ich würde das nennen: Schadloshalten.«

»Sie würden also«, fragte er ruhig, »ohne weiteres etwa ein Fahrrad verkaufen und das Geld in die Tasche stecken?«

»Ohne weiteres«, gab ich zu, »allerdings . . .«

»Allerdings?«

»Allerdings erscheinen mir mehrere Jahre KZ ein zu hoher Preis für ein Fahrrad.«

»Es ist also nur die Strafe, die Sie abhält?«

»Ja.«

»Das ist interessant«, rief er eifrig, »sehr interessant. In dieser klassisch zynischen Form habe ich es noch nie gehört. Immerhin«, sagte er lächelnd, »da, wo Sie auch nur annehmen könnten, es würde jemand persönlich geschädigt, würden Sie nichts nehmen, nicht wahr?«

»Nein«, sagte ich.

»Wir werden sehen«, sagte er. »Ich muß zum Dienst.« Es war acht Uhr. Er aß nun sein Butterbrot, trank noch ein paar Schlucke Kaffee und ging.

Ich verließ eine halbe Minute nach ihm das Haus und ließ mein Frühstück stehen.

Um Viertel nach acht hielt ich vor der stillen Kneipe, in der ich kaum eine Woche vorher das Mädchen gesehen und gesprochen hatte. Es war so still ringsum, daß ich stehenblieb und lauschte. Ich glaube, ich spürte zum ersten Male im Leben meinen Herzschlag. Er pochte heftig und schnell, dieser unsichtbare Hammer in meiner Brust ...

Ich legte das Rad sehr leise gegen die Wand und trat gleich durch die offene Pforte in den Hof, denn als ich abgestiegen war, hatte ich die sanften Geräusche des Melkens gehört. Ich sah sie sofort, und auch sie hatte meine Schritte gehört und wandte sich um; so stand sie da: Von den hängenden, noch halb gekrümmten Fingern tropfte die Milch, das Haar war straff und schmal an den Kopf gebunden, der rote Mund geöffnet vor Überraschung, ihr schmutziger grauer Kittel war von der linken Schulter heruntergesunken; sie erkannte mich sofort, starr blieb sie stehen, während ich auf sie zuging.

Ohne ein Wort zu sagen, umarmte ich sie, und eine halbe Sekunde lang spürte ich ihr Haar an meiner Wange und ihren warmen Atem an meinem Hals, aber als ich ihren Kopf mir zudrehte, um sie zu küssen, wurde mir erst bewußt, daß sie kalt und steif in meinen Armen lag, und ihr Gesicht, das ich nun sah, zeigte einen solchen Ausdruck von Abwehr und Angst, daß ich erschrak.

»Mädchen«, flüsterte ich ihr deutsch zu, irr vor Schmerz, »Mädchen, ich liebe dich doch.«

Ihre Lippen verzerrten sich: »*Laisse-moi*«, flehte sie zurück, »*je ne t'aime pas.*«

Ich ließ sie sofort los, aber sie machte keinen Schritt, um zurückzugehen, sondern blieb stehen, und ich sah, daß sie weinen würde. Sie weinte über mich. Mein Gesicht muß einen wahnsinnigen Schmerz ausgedrückt haben.

Sie hatte Mitleid mit mir, und als ich das begriff, auf ihrem Gesicht las, da wußte ich erst, wie sehr ich sie liebte. Selbst ihr Mitleid erschien mir wie ein Geschenk.

»Mädchen«, stammelte ich noch einmal, »Mädchen!«

Dann wandte ich mich um, aber sie rief mich mit einem seltsamen vogelartigen Laut zurück. Ein »Oh« wie ein Urlaut. Sie lächelte. »Willst du nicht etwas trinken?« fragte sie.

Sie kam, ohne eine Antwort abzuwarten, an mir vorbei, wischte ihre Hände am Kittel ab und zog mit einer Bewegung großartiger Anmut ihren Kittel über die Schulter hoch. Ich folgte ihr benommen mit hängenden Schultern und betrat hinter ihr das Haus.

Ich blickte auf meine Uhr: Es war zwanzig nach acht. Fünf Minuten waren vergangen, und die Welt war fast untergegangen, noch hing ein letzter sanfter roter Schein über dem Horizont, denn welcher Liebende wird je aufhören zu hoffen.

Sie hatte eine Flasche entkorkt, zwei Gläser gefüllt. »Ich bin sehr durstig«, sagte sie leise, »es ist so früh schon schwül.«

Es fällt mir schwer, ihr Lächeln zu beschreiben, es war liebevoll und schmerzlich, ließ mir nicht einen Funken Hoffnung, und doch war es nicht Koketterie; es war etwas unsagbar Menschliches, ich weiß kein anderes Wort. Sie hob ihr Glas, ich nickte ihr zu und trank.

Der Wein war köstlich, kühl und herb, und ich sah an ihrem Gesicht, daß er sie erfrischte.

»Ja«, sagte ich endlich mühsam, denn meine Stummheit lag auf mir wie eine schwere Last, »wenn ich dich manchmal wenigstens sehen darf ...«

Wir setzten die Gläser ab, und ich folgte ihr, die nun wieder voranging; sie nickte mir noch einmal zu und war weg.

Ich war um Viertel vor neun auf dem Bataillon und traf die anderen Melder schon dort. Ich saß auf der Freitreppe, umgeben von diesem alleswissenden Geschwätz, und die Zeit verrann unheimlich schnell. Immer wieder, immer wieder grub ich in meiner Erinnerung herum, ließ die Szene im Stall erstehen, um eine winzige Hoffnung wenigstens zu finden, aber ich fand nichts, und doch ...

Wir warteten lange; wir rauchten, gingen auf und ab, setzten uns wieder, ich beteiligte mich teilnahmslos an der allgemeinen Parolrederei; es war fast elf, als wir in die Schreibstube gerufen wurden. Wir bekamen unsere Melderkisten ausgehändigt, flache, verschlossene Holzkisten, von denen je ein Schlüssel beim Bataillon und bei der Kompanie blieb, so daß wir den Inhalt der Meldungen nicht erfahren konnten.

Doch war es klar, daß wir nach Rußland kommen sollten. Sonst wäre mir das als das Schrecklichste erschienen, heute ließ es mich kalt. Ich war wie betäubt. Ich sah die Welt und sah sie nicht. Ich spürte, daß es noch schwüler geworden war, der Himmel bedeckt mit grauen, dicken Wolken. Irgendwie war auch mein Wille ausgeschaltet. Tief in einer Schicht verschütteten Bewußtseins wußte ich, daß ich anhalten, absteigen, ausruhen und versuchen müßte, mich zu besinnen, aber ich glaube, ich wäre weitergeradelt bis ans Ende der Welt, immer weiter, weiter, besessen von der stupiden Mechanik des Pedaletretens ... weiter ... weiter. Ich war tot.

Ein furchtbarer Donnerschlag erweckte mich. Gleichzeitig prasselte ein schwerer, warmer Regen auf mich nieder. Ich blickte um mich und erkannte meine Umgebung: Da war die Baumgruppe, *ihr* Haus, und ringsum war kein anderer Unterschlupf. Ich raste drauflos, stieg ab, ließ das Fahrrad liegen und stürzte mit der Kiste in den Flur.

Ich ließ die Tür auf und verhielt mich still.

Unsere Verbindung mit der Natur ist inniger, als wir wissen. Ich weiß nicht, wie lange ich dort stand, es war kaum Bewußtsein in mir. Als ich es wiederfand, spürte ich, daß ich weinte. Die Schönheit des strömenden Sommerregens, die kosmische Gewalt, die jeder Flüssigkeit innewohnt, schuf sich in meinem Wesen etwas wie eine Parallele, das Element des Lösenden, Fließenden berührte mich. Ich weinte. Der ungeheure schmerzhafte Krampf war gelockert, ich lebte wieder.

Ich atmete mit zitternden Nüstern diesen herrlichen, süßfeuchten Duft, der wie Wolken aus den Wiesen stieg.

Ich weinte ...

Plötzlich hörte ich die Schritte zweier Menschen; sie näherten sich auf dem groben Fliesenweg, der mit Bruchsteinplatten ums Haus gelegt war. Der Regen floß nun sanfter und milder. Ich zuckte zusammen, als hätte mich eine feine und lange Nadel unfehlbar mitten ins Zentrum meiner Empfindsamkeit getroffen: Es war der Schritt Ihres Bruders. Man kennt die Menschen, mit denen man zusammenlebt, besser, als man weiß: Es war sein Schritt. Ich stand ganz starr, angelehnt an die Wand im Dunkel des Flures.

Er trat mit dem Mädchen in mein Blickfeld, und ich war gar nicht überrascht, sie mit ihm zusammen zu sehen. Er führte das Rad an der Hand, stützte sich halb darauf, mit dem Gesicht zu mir gewandt; von ihr sah ich nur den Rücken, ihren Kopf, der halb gebeugt war, und einen schmalen Streifen ihrer sanften Wange, und ich wußte, daß sie lächelte. Sein Gesicht war blaß und ernst, etwas wie ein glücklicher Schmerz war darin, aber das Furchtbare war die Selbstverständlichkeit, mit der die beiden zusammenzugehören schienen. Dieses sanfte Paar, das kein Wort sprach, sich nur ein wenig anlächelte, gehörte einfach zusammen.

Ich kann nicht sagen, daß ich Eifersucht verspürte. Ich atmete schwer, ich war angefüllt mit dem Schmerz des vollkommen Ausgeschlossenen. Die beiden rührten sich kaum, blickten sich nur an, und ich stand da: angeheftet an die feuchte Mauer dieses halbverfallenen Hauses und dachte, daß es vielleicht schön sein könnte, zu sterben.

Schließlich beugte er sich über sie, gab ihr einen Kuß und sagte: »*Au revoir, Madeleine*«, wandte sich schnell um und ging mit seinem Rade dem Ausgang zu.

Sie rief ihm nach: »Auf Wiedersehen, auf Wiedersehen ...«

Dann trat sie rückwärtsgehend zurück, wahrscheinlich, um von der höchsten Stufe der Treppe ihm noch möglichst lange nachzusehen, dabei stieß sie gegen den einen verschlossenen Flügel der Tür, wandte sich ein wenig um, erblickte mich und stieß einen Schrei aus ...

Ihr Bruder hatte den Ausgang noch nicht erreicht. Er kam sofort zurück und stürzte auf die Tür zu; das Mädchen sah mich immer noch entsetzt und ungläubig an. Er war nahe herangetreten, sah mich und begriff sofort alles.

»Komm mit«, sagte er heiser. Ich folgte ihm wie ein Verurteilter, klemmte meine Melderkiste unter den Arm, hob draußen vor dem Eingang mein Fahrrad auf, bestieg es und fuhr an seiner Seite davon.

Wir blickten nicht mehr zurück.

IX

Wir haben sie beide nie mehr wiedergesehen.

Wir fuhren schweigend bis zur Kompanie, trennten uns dort, ohne ein Wort zu sagen. Er ging ins Quartier, ich hatte die Melderkiste abzugeben und in der Küche das Essen zu holen. Die Kochgeschirre gab ich immer morgens schon ab.

Ich stellte mein Rad in den Schuppen, ging an der Küche vorbei und empfing unsere beiden Portionen Kartoffeln und Gulasch, dann folgte ich ihm ins Quartier.

Er stand sofort auf, als ich hereinkam. Die Teller hatte er schon aus der kleinen Kochküche geholt und aufgesetzt, auch Bestecke herausgesucht, aber er pflegte das sehr ungeschickt zu machen, und so stellte ich also unsere beiden Kochgeschirre aufs Tablett und ordnete ruhig Gabeln, Messer und Teller noch einmal, legte den Brotlaib etwas gerader und las aus dem Blumenstrauß in der Vase die welken Stengel heraus.

Die ganze Zeit über ging er mit verschränkten Armen auf und ab.

»Wir können essen«, sagte ich ruhig, als alles bereit war.

»Ja«, sagte er, und in diesem Augenblick sahen wir uns zum ersten Male wieder an, und ich mußte gegen meinen Willen lächeln. Er schüttelte den Kopf, sein Gesicht blieb ratlos, dann zuckte er die Schultern; ich wartete immer noch, daß er sich setzen würde.

»Wir wollen nicht ganz darüber schweigen«, sagte er leise, »aber du mußt darüber entscheiden, ob geredet werden soll.«

»Nein«, sagte ich ebenso leise, »ich möchte darüber schweigen.«

»Gut«, sagte er. Wir setzten uns hin, und ich reichte ihm die kleine Kelle, mit der wir unser Essen aus den Kochgeschirren nahmen. Es klopfte an der Tür, er legte den Löffel wieder hin, sagte »Herein bitte«, und der Spieß trat ein. Sein sonst ruhiges Gesicht war erregt.

Am nächsten Morgen schon saßen wir im Zuge nach Rußland. Die Meldungen und Befehle, die ich mitgebracht hatte, waren schon wieder hinfällig, durch telefonische Anweisungen widerrufen. Die Leute, die versetzt werden sollten, mußten noch an diesem Tage auf den Stützpunkten bestimmt werden, dort abmarschbereit auf den Ersatz warten, der schon auf Lastwagen unterwegs sein sollte, und mit denselben Lastwagen sollten die versetzten Leute an einen bestimmten Sammelpunkt bei Abbéville gebracht werden. Dort war eine Division schon gewesen, verladen und abgefahren, aber der Zug war gesprengt worden, es hatte Tote und viele Verwundete gegeben, und hundertundzwanzig Mann fehlten an der Gefechtsstärke. Ihr Bruder und Schnecker waren bei den versetzten Offizieren.

Während ich nun nichts mehr zu tun hatte, als unsere beiden gepackten Tornister zu bewachen, hatte Ihr Bruder keine Minute Ruhe. Es mußte im letzten Augenblick die Bekleidung und Ausrüstung der Abberufenen vervollständigt werden, plötzlich heftig Erkrankten mußte eingeredet werden, daß sie doch gesund seien; Leute, die kurz vor dem Urlaub standen, mußten möglichst durch andere ersetzt werden. Vor allem sollten die Abberufenen möglichst früh in Pochelet gesammelt werden, damit sie noch an den Gottesdiensten teilnehmen konnten.

Der katholische Divisionspfarrer traf schon gegen vier in seinem Wagen ein, und da überall heillose Verwirrung herrschte, wurde er in unserem Quartier untergebracht; ich hatte eine halbe Stunde seine Gesellschaft zu ertragen, bis die ersten Beichtkinder eintrafen. Ich stellte den Wartenden dann mein Zimmer zur Verfügung, während Ihr Bruder zur Feier der Heiligen Messe und Austeilung der Sakramente unser Wohnzimmer räumen ließ. Jedenfalls war ich vorher eine Zeit mit dem Pfarrer allein. Er hatte die rosige und glatte Haut, wie sie einem Stabsoffizier in Frankreich zukam, die sanften und verbindlichen Manieren eines Weinreisenden. Als ich einige Bemerkungen über Krieg, Korruption und Offiziere im allgemeinen riskierte, rollte er die Hände sanft ineinander, sah sich veranlaßt, seine Zigarre aus dem Mund zu nehmen und ruhigen Gemütes wie Gesichtes zu sagen: »Ja, es gibt viel Schlechtigkeit in der Welt.«

Wir wurden unterbrochen, da das erste Beichtkind an die Tür klopfte, militärisch grüßte und eintrat.

Ich konnte mich nicht enthalten, leise zu sagen: »*Ave, Caesar, morituri* ...«

Der Pfarrer sah mich lächelnd an. Er legte die Zigarre endgültig in den Aschenbecher und sagte: »Sieh da, ein Lateiner sind Sie!« Sein sanfter Blick veranlaßte mich, aufzustehen und in den Garten zu gehen.

Es war sehr still draußen. Milde herbstliche Wärme wurde von Kühle unterbrochen, der Himmel war blau, und hinter ihren hohen Hecken und Zäunen schliefen die kleinen Häuser von Pochelet. Ihr Bruder war nach Larnton gefahren, um einen sehr jungen Burschen, der plötzlich an heftigen Krämpfen zu leiden schien, zur Besinnung zu bringen.

Die Vorbereitungen waren getroffen, alle anderen versetzten Leute fertig, und man rechnete damit, daß pünktlich um fünf der Gottesdienst würde beginnen können. Jede Minute wurde auch der evangelische Geistliche erwartet.

Ich schlenderte langsam hinter den Gebäuden der Kompanie her bis an die Straßenkreuzung und betrat zum ersten Male die Kneipe von Pochelet; es war ein einstöckiges, flaches Gebäude nach Art der Sommerwirtschaften mit Holzwänden und Gartenstühlen. Kein Mensch war in dem großen Raum, die Wirtin saß mit ihrem Mann beim Essen; die Tür, die zur Küche führte, war offen; sie war eine hübsche blonde Frau von jener kalten Schönheit der Büffetdamen, kauend kam sie heraus, schenkte mir ein freundliches Lächeln und gab mir die verlangte Flasche Weißwein, von der ich noch nicht wußte, wie ich sie bezahlen sollte. »Geben Sie noch eine«, sagte ich lachend, »um so weniger brauche ich Sie beim Essen zu stören.« Sie lächelte warnend, zögerte in halber Koketterie, entschloß sich dann aber, noch einmal unter die Theke zu greifen und eine zweite Flasche herauszulangen. Ich setzte mich in eine Ecke des Saales, aus dessen Ecken die fürchterliche Verzweiflung verlassener Vergnügungsstätten auf mich zukroch. Es roch nach Staub, nach Sommerstaub.

Den Abmarsch konnte ich nicht verpassen; die Straße, die vor meiner Nase vorbeiführte, würde die Leute von Larnton und auch von den nördlichen Stützpunkten an mir vorbeiführen.

Ich hatte eine Stunde Zeit, das Gesicht des Mädchens zu vergessen, Abschied von Frankreich zu nehmen und das sanfte, rosige, wohlkonservierte Leichengesicht des Pfarrers zu ertränken.

Dieser gelbe Wein ist der köstlichste; er ist wie Honig und Feuer, wie Licht und Seide, und ich glaube, daß Gott ihn hat wachsen

lassen, um die Erinnerung ans Paradies in dieser niederdrük-
kenden Lasterhöhle, die sich menschliche Gesellschaft nennt,
nicht aussterben zu lassen. Je mehr ich trank, um so mehr
fühlte ich eine Heiterkeit, wie ich sie nie gekannt hatte, fast
etwas wie Weisheit. Es ist wunderbar, sich in Schlaf zu trinken, dem freundlichen Bruder des Todes in die Arme zu sinken.
Ich weiß noch, daß es mir gelang, der ebenso kühlen wie lieb-
lich lächelnden Frau zwei weitere Flaschen für meine Uhr ab-
zuhandeln.
Ich erwachte erst auf einem stinkenden Lastwagen, schloß erschreckt wieder die Augen und wurde erst endgültig wach auf
dem Bahnhof von Abbéville, angesichts eines abfahrbereiten
Transportzuges. Das lachende Gesicht Ihres Bruders war über
mich gebeugt.
»Er sah aus«, sagte ich, »er sah aus wie ein Weinreisender . . .«
»Ja, ja«, sagte er ruhig, »steh jetzt auf.«
Ich stand auf und wurde von ihm einer angetretenen Kolonne
von vierzehn Mann zugeteilt, die in eine Kompanie des Transportzuges eingereiht wurden.

Wir fuhren durch Frankreich, an den leuchtenden Weinbergen
des Rheinlandes vorbei, durch Mitteldeutschland, Sachsen,
Schlesien, Polen. Immer grauer und elender wurden die Bahnhöfe, immer verzweifelter und zynischer die Soldaten. Allmählich begegneten uns Verwundetenzüge, Transporte von
Gefangenen; die zerlumpte Bevölkerung der besetzten Gebiete
umdrängte unseren Zug. Die letzten französischen Streich-
hölzer wurden in Eier umgesetzt, Decken aus französischen
Häusern in Butter verwandelt, Ausrüstungsgegenstände im
Dunkeln auf gespenstischen Bahnhöfen gegen Speck oder Tabak getauscht – denn unsere Verpflegung blieb auch während
des Transportes erbärmlich.
Es war kalt geworden, fast Mitte Oktober. Unsere langen
Mäntel schleppten durch den Schmutz ukrainischer Bahnhöfe,

wo Traktoren eilig nach rückwärts verladen wurden oder wo wir Aufenthalt hatten, um einen Transport Schwerverwundeter die blockierte Strecke passieren zu lassen.

Ich sah Ihren Bruder nur selten. Manchmal, wenn wir hielten, kam er an unseren Waggon und sprach mit uns, und nicht oft fanden wir Gelegenheit, bei längeren Aufenthalten spazierenzugehen. Wir sprachen nie von der Vergangenheit. Sie war eine überfüllte, nur schwach verschlossene Kammer, an deren Riegel man nicht rühren durfte.

Wenn wir am Prellbock eines toten Gleises oder auf feuchten, aufeinandergeschichteten Schwellen nebeneinander hockten, versuchten wir uns heranzutasten an dieses Geheimnis, das uns erwartete, das wir beide noch nicht kannten: die Front. Denn längst, je tiefer wir hineingeschleppt wurden in dieses dunkle Land, war uns klargeworden, daß sich hier nichts würde vergleichen lassen mit jener Art von Krieg, die wir in Frankreich erlebt hatten. Hier war alles, was graue Uniform trug, von einer beängstigenden Hast beseelt, möglichst weit zurückzukommen.

Diese Armee hatte den Schock des ersten verhängnisvollen Winters nie überwunden. Die Verwundeten, mit denen wir sprachen, lauerten ängstlich darauf, daß der Zug weiterführe, weiter zurück, ohne jeden Aufenthalt; jede Minute in diesem Land schien ihnen verloren, und sie wollten nicht nur schnell, sondern auch möglichst weit zurück. Es fiel uns schwer, anzuhören, mit welchen Illusionen sie von Deutschland sprachen. Würde dieses nun auch schmutzige, zerfetzte, elende und hungernde Land, in dem die Kasernen zu Gefängnissen und die Lazarette zu Kasernen geworden waren, würde dieses Land ihren Träumen genügen?

Nach acht Tagen hielten wir auf einem größeren Bahnhof, in dessen Nähe das Hauptquartier der Heeresgruppe Süd liegen sollte. Hier wurden wir plötzlich – nachdem man uns die ganze Fahrt über mit kümmerlichen, in Frankreich gefaßten Rationen versorgt hatte –, hier wurden wir plötzlich ausgezeichnet verpflegt. Es gab gute Suppe, viel Fleisch, Kartoffeln, nach dem Essen wurden Süßigkeiten, Schnaps und Zigaretten verteilt.

Es gab sogar Sekt, ich hatte das Glück, durch Los eine ganze Flasche zu bekommen, die wir uns hätten teilen sollen. Es war sehr kalt, in unserem Waggon glühte der Ofen, ich weiß noch gut, wie ich einen Spalt der Tür öffnete, hinausblickend die Flasche leerte, indem ich fast gedankenlos den Feldbecher füllte, leerte, füllte, leerte, gleichzeitig die eisige Luft atmend; ich war wie betäubt.

Unerwartet, nachdem wir alle diese Köstlichkeiten genossen, wurden wir entladen, aufgestellt und traten einen langen, mühsamen Marsch zum nächsten Flugplatz an. Das war nachmittags.

Am anderen Morgen, noch im Dunkeln, liefen wir unseren ersten Angriff.

Welch herrlichen Klang hat dieses Wort: einen Angriff laufen. Es klingt wie Fanfaren, scheint von jungen begeisterten Kriegern zu berichten, die nur mühsam – den Listen des Krieges gehorchend – ihr Lied auf den Lippen zurückhalten, und stürmen, stürmen, jubelnden Herzens.

Wir dagegen waren in früher Dunkelheit dem Flugzeug entstiegen, worin wir unsere voreilige Trunkenheit schwer zu büßen hatten. Wir waren in Lastwagen, eng zusammengepfercht, von Waffen und Gepäck halb erdrückt, nach vorne gefahren worden und verbrachten noch zwei Stunden in unbekannten Häusern eines unbekannten Dorfes. Jedes Geräusch der nahen Front verursachte nur Angst, da man es nicht einordnen konnte in irgendeine Erfahrung. So erschreckte mich immer wieder das plötzliche und helle Bellen einer Pakkanone, die kurz hinter unserem Hause zu stehen schien; jedesmal glaubte ich wieder, russische Panzer stünden vor der Tür, und jedesmal erlebte ich Todesangst.

Das Licht in jenem Stübchen, wo wir beieinander hockten, war verlöscht, und als es endlich etwas stiller wurde, lehnte ich mich im Finsteren einfach hintenüber, suchte zwischen Schultern, Beinen, Köpfen und Waffen irgendwo Platz und schloß die Augen. Ein fürchterlicher Geruch erfüllte die Stube. Ein Faß eingemachter Gurken schien in Gärung geraten und geplatzt zu sein, und der Boden war mit einer scheußlich stinkenden Flüssigkeit bedeckt, während man überall die weichen und ekelhaften Früchte berührte, die herumlagen. Ich rauchte ununterbrochen, schon um den Ekel zu unterdrücken, niemand sprach ein Wort; wir hatten uns das alles anders vorgestellt, nicht ganz so schlimm und nicht so furchtbar plötzlich.

Es war noch finster, als wir hinausgerufen wurden. Ich war glücklich, als ich draußen die Stimme Ihres Bruders erkannte. Der kleine Hof der Kate stand voller Soldaten, ich sah es, als das Mündungsfeuer eines Geschützes kurz und rot über den Hof fiel. Eine Kompanie, das sind viele lebendige Menschen, viele Schicksale, und was war eine Kompanie an dieser Front!

Ihr Bruder erklärte uns kurz und ernst, daß er uns führen werde, daß wir den Auftrag hätten, eine Einbruchstelle abzuriegeln. Wahrlich, eine Aufgabe für Neulinge. Es war unsagbar mühsam, im Dunkeln die Kompanie zu ordnen, die Gruppen und Züge ihren Führern zu übergeben; ich selbst wurde von ihm vorgerufen und spürte, als er mich am Ärmel packte, am Griff seiner zitternden Finger, daß auch er Angst hatte.

»Du bleibst bei mir«, sagte er mit heiserer Stimme.

Noch vor dem Morgengrauen verließen wir das Dorf, an der Spitze einen Feldwebel vom Stabe des Regiments, dem wir zugeteilt worden waren. Ach, wie weit war das noch bis zur wirklichen Front! Immerhin eine Erleichterung, Erde unter den Füßen zu haben. Vorne und hinter uns, ringsum schien Mündungsfeuer zu sein und Geknalle. Es wäre unmöglich gewesen, nach diesen Merkmalen den Verlauf der Kampflinie zu bestimmen. Auch der Feldwebel, der uns führte, wußte nichts Gewisses. Wer wußte dort Gewisses! Wie er uns im Weitergehen flüsternd berichtete, war hier ein ganzes Bataillon überrascht worden, zum Teil niedergemacht, zum Teil gefangengenommen, ein geringer Rest geflohen. Es war noch ungewiß, ob die Russen die Stellung bezogen hatten oder ob sie sich lediglich mit Beute und Gefangenen, überrascht von ihrem Erfolg, in die eigenen Stellungen wieder zurückgezogen hatten.

Seltsamerweise beunruhigte uns dieses ewige Knallen wenig. Furchtbar war das dunkle Schweigen vor uns, in das wir hineingingen, und wir hatten in diese Dunkelheit hineinzulaufen, bis wir auf Widerstand stießen oder die alten Stellungen erreichten. Es war unsere Aufgabe, den wirklichen Verlauf der Kampflinie zu bestimmen, möglichst die alten Stellungen zu besetzen und zu halten.

Wir gingen zu viert voran. Ihr Bruder und der Feldwebel als erste, ich folgte mit einem Unteroffizier. Manchmal, wenn ich an diese Zeit zurückdenke, glaube ich, der Krieg ist ein Element. Wenn man ins Wasser fällt, wird man naß, und wenn man sich da vorne um jene Linie herum bewegt, wo Infanteristen und Pioniere sich in die Erde wühlen, dann ist man im Kriege. Diese Atmosphäre ist wie ein Scheidewasser, es gibt nur gute und schlechte Kerle, sämtliche Mittelstufen fallen ab oder steigen auf.

Ich spürte das, der Unteroffizier, der neben mir ging, war ein Schuft. Er war ein Feigling, sog die Angst einfach in sich hinein und überließ sich ihr widerstandslos. An der Art, wie er sich hinwarf, wenn Ihr Bruder oder der Feldwebel leise das Kommando durchgaben, spürte ich, daß er zu allem fähig sein würde. Es war etwas Haltloses, etwas Tierisches, wie er sich sofort hinschmiß und sich an die Erde schmiegte. Der Feldwebel war sehr ruhig, er strömte etwas aus, das man nur Tapferkeit nennen kann, ein geistiges Fluidum, das stärker war als Angst.

Ohne Widerstand, nicht einmal durch Gewehrfeuer aufgehalten, erreichten wir die Linie, auf der rechts und links von uns eifrig geschossen wurde, während vor uns immer noch diese dunkle und stille Watte zu liegen schien, die uns aufsaugen würde.

Das Gehör des Feldwebels war von einer phantastischen Sicherheit. Von den vielen kleinen und großen Geräuschen erkannte er jenes genau: das Abschußgeräusch der Leuchtpistole. Er warf sich blitzschnell hin, für uns das Zeichen, den Befehl nach hinten durchzuzischen, damit bei der aufstrahlenden silbernen Helligkeit nichts mehr würde von uns zu sehen sein.

Immer wieder, wenn das Licht aufleuchtete, versuchte ich, etwas zu erkennen, aber da war nur die dunkle, schwarze Erde mit vielen, vielen unkenntlichen Erhöhungen, die ebensogut Ackerfurchen wie hingeduckte Menschen sein konnten.

Mein Gott, ich habe mich oft gefragt, wie ungeheuer groß die Macht sein muß, die Millionen Menschen dazu bringt, sich einfach willenlos – trotz Feigheit und Angst – dem Tod entgegenzuwälzen wie wir in dieser Nacht.

Wir erreichten die alten Stellungen ohne Widerstand und Verluste. Zum erstenmal traten wir im Dunkeln auf Leichen, zum ersten Male richteten wir uns ein auf einen Feind, der achtzig oder hundert Meter entfernt in einem Hinterhalt bereitliegen konnte. Es mußte alles unheimlich schnell gehen. Vor Anbruch des Tages mußten die Züge in ihren Gefechtsständen, die Mannschaften in ihren Stellungen sein, und nach links und rechts Anschluß an die verbliebenen Einheiten hergestellt werden.

Man stellt sich diese sogenannte Front vielleicht als eine gerade Linie vor, mit dem Lineal auf eine Karte gezogen von einem Generalstabsoffizier. Sie ist ein vielfach verschlungenes, zurückweichendes und vorspringendes Gebilde, eine sehr unregelmäßige Schlange, die sich dem Gelände anpaßt oder vom Druck des Gegners in ungünstiges Gelände gezwungen wird.

Was mußte alles in einer einzigen Stunde getan werden, damit der Tag uns verteidigungsbereit finden würde. Rechts war kein Anschluß zu finden. Ein Unteroffizier und zwei Mann, die ausgeschickt wurden, nach rechts den nächsten deutschen Posten zu suchen, kamen nie wieder, wir haben nie wieder etwas von ihnen gehört oder gesehen. Ein nächster Trupp, begleitet von Ihrem Bruder, ging etwas mehr zurück und stellte fest, daß wir rechts viel zu weit nach vorne gegangen waren. Die ganze Linie mußte ein wenig umschwenken, sich anpassen, das alles in äußerster Stille, in der Dunkelheit, in einem Gelände, das von Granatlöchern durchsiebt war. Tote lagen herum – Deutsche und Russen –, Waffen, Gepäckstücke ...

Der Kompaniegefechtsstand lag fast in der Mitte des Abschnitts, ein wenig zurück. Es waren zwei Bunker, die für je drei Mann Raum boten. Die Fernsprechverbindung war unterbrochen. Bitte stellen Sie sich die Gefühle eines Nachrichtenmannes vor, der drei Jahre lang in Frankreich in einem Hotelzimmer gesessen und die belanglosen Plaudereien der verschiedenen Stäbe verbunden hatte und nun in Rußland, in einer heiklen Situation, beauftragt wurde, die Leitung instand zu setzen und zu kontrollieren, eine halbe Stunde vor dem Morgengrauen.

Der Feldwebel, der uns geführt hatte, war ein stiller, schmaler Mann, blaß und unrasiert. Die üblichen Orden hingen lose und nachlässig an seiner Brust. Als seine Aufgabe erledigt war, rauchte er stumm noch eine Zigarette in unserer Gesellschaft. Wir sprachen kaum, aber als er aufstand, um sich zu verabschieden, sagte er lächelnd – es klang fast wie eine Entschuldigung –: »Ich soll heute abend in Urlaub fahren.« Er hing die Maschinenpistole um, zuckte die Schultern und reichte uns allen die Hand, dann zog er die Decke beiseite, die den Bunker nach hinten abschirmte.

Im nächsten Augenblick lag er tot zu unseren Füßen.

Die Granate schlug auf die Böschung des Grabens, der dunkle Himmel schien zusammenzustürzen, das Licht war aus, der Unteroffizier schrie wie ein Wahnsinniger, und als ich mich, mit Dreckbrocken bedeckt, aufrichtete, gewaltsam meine Angst bekämpfend, berührte ich seinen blutenden Leib, ich faßte in eine nasse, scheußliche Masse, und auch ich schrie. Inzwischen hatte Ihr Bruder die Decke wieder vorgezogen, Licht gemacht, und es zeigte sich ein gräßliches Bild. Die Beine des toten Feldwebels ragten unter der Decke heraus, in den Bunker hinein, dem Unteroffizier hatte es den rechten Unterschenkel abgetrennt, unsere Zigaretten brannten noch: Ihr Bruder hielt seine im Mund.

»Verbinde ihn«, sagte er zu mir, er war bleich. Er trat hinaus.

Der Überfall ging weiter. Wir lernten die russischen Granatwerfer kennen, die grauenhaft wehenden Geräusche der schweren Artilleriegranaten, die den Tod gleichsam vor sich hertreiben. Während ringsum die Erde bebte, verband ich den wimmernden Unteroffizier. Irgend etwas von Abbinden schwebte mir vor. Ich riß blindlings meine Hosenträger ab – einen Tag später hätte ich seine eigenen genommen, denn er brauchte sie nicht mehr, während mich das Fehlen der Hosenträger später manchmal fast das Leben kostete –, ich band den Stumpf ab, wickelte Mull und Lappen, soviel ich fand, vor die blutende Wunde. Als ich den Bunker verlassen wollte, klammerte der Verwundete sich an mich, aber ich hatte mir vorgenommen, unter freiem Himmel zu sterben, ich stieß ihn zurück.

Draußen wurde die Finsternis von kurzen roten Flammen erhellt, es schlug wie Feuer aus der Erde, Feuer, das sofort wieder von Finsternis verdeckt wurde.

Dieser kurze Überfall erschien mir ewig. Ich dachte, die ganze Ostfront müßte in Aufregung sein, eine Riesenoffensive im Gange. In Wirklichkeit dauerte es – Ihr Bruder hatte es auf seiner Armbanduhr festgestellt – sieben Minuten und war relativ harmlos. Die Kompanie hatte vier Tote und sieben Verwundete.

Wir waren alle zu Tode erschöpft: die Strapaze der Eisenbahnfahrt, Marsch, Flug und wieder Fahrt auf Lastwagen – und nun diese konzentrierte Begegnung mit der Front. Aber wir sollten erfahren, daß es überhaupt keinen Schlaf mehr gab. Gewiß, es gab Stunden, in denen man einfach wegsank, man schlief wie tot, ließ sich wieder hochzerren, stand auf Posten oder mußte zu irgendeinem der Züge als Melder.

In den ersten Nächten – tagsüber durften wir uns kaum außerhalb der Stellung bewegen – verlor ich immer die Orientierung.

Da lag ich ausgestreckt auf dieser Erde, ringsum Finsternis, und wartete darauf, daß irgendwo eine Leuchtrakete abgeschossen würde, die es mir erlauben würde, ein Merkmal zu erkennen, an dem ich hätte feststellen können, ob ich vorwärts, rückwärts oder seitlich kriechen mußte. Manchmal, wenn ich dann loskroch, spürte ich in dieser singenden kalten Stille etwas Seltsames, etwas Unbeschreibliches, etwas wie ein unsichtbares und unhörbares, doch wirkliches Wehen: die Nähe des Gegners. Ich wußte dann, daß ich ganz nahe den russischen Stellungen war, und oft auch bestätigte mir ein heiseres Flüstern oder ein Ruf, ein schrecklich fremdes Lachen, daß ich mich nicht getäuscht hatte.

Diese Angst vor der russischen Gefangenschaft! Einzig diese Angst hat verhindert, daß der Krieg in Rußland schon 1942 zu Ende ging. Stellen Sie sich vor, unsere Soldaten hätten unter denselben unmenschlichen Bedingungen, unter der gleichen unfähigen Führung dort jahrelang gegen Amerikaner oder Engländer gekämpft.

Wir blieben in dieser Stellung acht Tage.

X

Der Angriff, der für den Morgen des nächsten Tages erwartet worden war, kam erst gegen Abend. Es geschah bei diesem Angriff etwas, was ich nie für möglich gehalten hätte: Wir schlugen ihn ab.

Von dem Augenblick an, da ich die ersten unförmigen, in dikkes Winterzeug gehüllten Gestalten wirklich und wahrhaftig da hundert Meter vor uns sich dem Abschnitt nähern sah, von diesem Augenblick an stand ich vollkommen fertig zur Flucht, die Pfeife im Mund, am hinteren Rand des Grabens, eine Hand schon aufgestützt zum Sprung. Ihr Bruder stand da, ganz ruhig, und gab die Befehle durch, die wir weiterzuleiten hatten. Sekundenweise mußten wir uns ducken, wenn die Welle des russischen Feuers uns ins Gesicht schlug, und jedesmal die wahnsinnige Angst, wenn man wieder aufblicken konnte: Sind sie da?

Manchmal sah ich zurück, um mich eines gedeckten Rückzuges zu versichern, denn zwischen zwei Zügen aus einer Schnapsflasche hatte einer der alten Soldaten mir gesagt: »Das wichtigste bei diesem ganzen Krieg ist ein gedeckter Rückzug, Kumpel.«

Die Russen wälzten sich näher heran, wurden immer wieder von der schneidenden Schärfe der Maschinengewehre gezwungen, sich hinzuwerfen, schon erfüllte das Geschrei der Verwundeten die dicke graue Luft. Von hinten unterstützte uns schwere Artillerie, auch die Nachbarkompanien warfen das Feuer ihrer Waffen vor unseren Abschnitt. Dennoch schien es hoffnungslos, diesen unablässig heranfließenden Strom abzuhalten, als Ihr Bruder plötzlich durchgeben ließ: Fertigmachen zum Sprung! Er hatte kaum das Kommando gegeben, da zwang uns eine schwere Salve russischer Schiffsgeschütze in Deckung, ich duckte mich und hatte das Gefühl: Es ist aus, zurück kannst du nicht, und inzwischen sind die Russen da. Aber plötzlich schrie die Stimme Ihres Bruders: »Auf, marsch!«

Er sprang als erster, riß mit einer wilden Geste und einem neuen Schrei die ganze Kompanie nach sich, und wir rannten tatsächlich los. Die Russen stutzten erst, aber dieser Augenblick genügte; erst rannten einzelne, dann lösten sich ganze Gruppen – wir hörten das helle Kreischen und Schimpfen der Offiziere, der Rest hob die Hände hoch. Wir brachten zwanzig Gefangene ein, die ersten lebenden Russen, die wir aus der Nähe sahen, in ihren Augen war nur eins zu lesen: Angst.

Am Abend des achten Tages saß ich nach langer Zeit zum ersten Male wieder mit Ihrem Bruder allein im Bunker. Wir tranken Schnaps, rauchten Zigaretten und warteten voller Spannung auf die Essenholer. Der Sanitäter war mit den Essenholern zurückgegangen, um Medikamente, Verbandszeug und Tetanusampullen zu holen, denn wenn einer am Tage verwundet wurde, mußten wir ihn bis zum Einbruch der Dämmerung in der Stellung liegen lassen. Ihr Bruder saß am Telefon, und ich hockte zu seinen Füßen auf der plattgetretenen Strohschütte, die uns als Lager diente.

»Das ganze Geheimnis des Angriffs«, sagte er plötzlich, nachdem wir lange geschwiegen hatten, »ist, sich vorzustellen, welche Angst der Gegner hat. Stell dir vor, du hockst in deinem Loch und es kommen welche mit wildem Geschrei auf dich losgestürmt. Du wirst verrückt vor Angst, du hast es am Dienstag gesehen, wir verloren alle Fassung. Man muß den Gegner zwingen, passiv zu werden, und er ist verloren.«

»Du hast das Geheimnis, den Krieg zu gewinnen«, sagte ich trocken, »verkauf es teuer, und du bist ein gemachter Mann.«

Er lachte nur einen Augenblick lang, dann wurde sein Gesicht wieder ernst, er nahm eine neue Zigarette. »Das Furchtbare ist nur, daß man nicht weiß, wem man den Sieg wünschen soll...«

In diesem Augenblick stürzte der Sanitäter herein und schrie: »Wir werden abgelöst, Herr Oberleutnant, wir werden abgelöst!«

In Wirklichkeit wurde die Front, deren Verteidigung immer sinnlosere Opfer forderte, verkürzt, man ließ sie schrumpfen, sparte dafür einige Tage ein paar Einheiten ein, die zur Verstärkung der verkürzten Linie wieder nach vorne geworfen wurden. Immerhin war es herrlich, zunächst wenigstens zurückzukommen. Die Essenholer hatten schon keine Rationen mehr mitgebracht, wir sollten hinten in Ruhe essen. Um Mitternacht, als die Finsternis dicht geworden war, zogen wir ab: Ein trauriger Zug, wir waren vor acht Tagen mit fast achtzig Mann in die Stellung gerückt und kehrten mit achtundvierzig zurück.

Im Dunkeln war nicht festzustellen, ob es der gleiche Ort war. Als wir erst wirklich das Dorf erreicht hatten, durchströmte mich ein tolles Lebensgefühl.

Ihr Bruder hatte noch einige Zeit zu tun. Er mußte sich von der Unterbringung der Leute überzeugen, überwachte die Essensausgabe, ließ für den nächsten Tag dienstfrei ansetzen, mußte auf der Schreibstube einen Stoß lästiger bürokratischer Dinge erledigen und beauftragte mich, in dieser Zeit Wasser zu einer ausgiebigen Waschung warm zu machen.

Unser Quartier war in einem Bauernhäuschen, dessen grobe Fenster mit Pappe zugenagelt und zusätzlich noch mit Decken verhangen waren. Ich brannte vier Bunkerlichter an, in jeder Ecke eins, und feuerte den Ofen ordentlich mit Holz. Es war fast November. Ich hatte nicht mehr das geringste Schlafbedürfnis, nachdem ich eine Stunde vorher vor Erschöpfung hätte umsinken können. Langsam und genußvoll aß ich mein Kochgeschirr leer, spülte hinter die fette Bohnensuppe ein paar ordentliche Schnäpse und stopfte mir die größte meiner beiden Pfeifen so voll, daß der Tabak in hellen gelben Fransen über den Rand hinausshing. In tiefen Zügen rauchend, nahm ich manchmal einen Schnaps und beobachtete das wummernde Fressen der Flammen im Ofen. Manchmal faßte ich in den Eimer hinein, um die Wärme des Wassers festzustellen. Mit jedem Zug aus der Pfeife sog ich es in mich hinein, etwas Köstliches, Unbeschreibliches, etwas, das auch in Gedanken an die Toten und Verwundeten schön war: Leben.

Als das Wasser mir warm genug schien, suchte ich sorgfältig meine Wäsche aus dem Beutel, den ich beim Troß geholt hatte, wählte ein schönes Zivilhemd, bläulich mit einem richtigen menschlichen Kragen, und roch erst daran: Es roch noch nach Cadettes Seife.

Langsam, mit einer trunkenen Innigkeit wusch ich mich. Stellen Sie sich vor: Sie wohnen in der Erde und bekommen täglich soviel oder sowenig Flüssigkeit, daß Sie kaum den elementarsten Durst stillen können; nicht ein einziges Mal Gelegenheit, sich auch nur die Fingerspitzen zu waschen, und stundenlang über die nasse Erde kriechen; man verfilzt vor Dreck. Zum Glück waren wir wenigstens, da wir alle Neulinge waren, vor den sonst unvermeidlichen Läusen bewahrt geblieben – dieses demoralisierende Ungeziefer hat wesentlich dazu beigetragen, daß wir den Krieg verloren. Später sollte ich es kennenlernen. Ich wusch mich so lange, daß das neu aufgesetzte Wasser schon wieder warm war, dann rasierte ich mich, zog neue Unterwäsche und Strümpfe an. Hochgefühl erfüllte mich, nie hatte mir dieser Fusel so köstlich gemundet, nie mir der Tabak so geschmeckt. Gegen zwei Uhr kam Ihr Bruder zurück. Er begrüßte mich müde, setzte sich auf die Bank am Ofen, nahm die Mütze ab und schleuderte sie mit einer plötzlichen Geste auf den Boden mitten in die Bude.

Während er aß, stellte ich das Wasser im Eimer auf einen niedrigen Holzbock, legte Seife und Handtuch daneben und ordnete die Wäsche, die ich seinem Tornister entnommen hatte.

Ich legte mich auf ein Bett in der Ecke und beobachtete ihn. Als er anfing, sich zu rasieren, sagte ich: »Du bist mir noch die Lösung eines Rätsels schuldig, das du mir auf dem Bahnhof in Abbéville aufgegeben hast. Von dem Weinreisenden ...«

»Ja«, sagte er lachend, »das ist jetzt vierzehn Tage her, es scheint mir in einem anderen Leben gewesen zu sein.«

»Es war in einem anderen Leben«, sagte ich.

»Vielleicht hast du recht, ich werde dir das Rätsel lösen, heute noch.«

Die Tür öffnete sich, und Schnecker trat ein. Wir waren nicht so überrascht, ihn zu sehen, als über einen neuen Orden an seiner Brust.

Ich war aufgesprungen und hatte ihm die erforderliche Reverenz erwiesen. Er winkte ab und sagte: »Legen Sie sich wieder.«

Ihr Bruder hatte ihn stumm begrüßt und ihm ebenso stumm einen Hocker angeboten.

Schnecker setzte sich rittlings auf einen Stuhl und fing an zu rauchen; er beobachtete Ihren Bruder beim Rasieren.

Ich hatte Muße genug, ihn zu betrachten; er kehrte mir die Seite zu. Er war von auffälliger Ruhe, fast Unbeweglichkeit, aber als ich ihn näher betrachtete, stellte ich fest, daß er vollkommen betrunken war. Er war in jenem Stadium, wo den Säufer eine bleierne Sicherheit erfüllt, ein fast stupides Gesetz der Schwere ihn aufrechthält. Als er zu sprechen anfing, zeigte sich, daß ich richtig vermutet hatte.

»Mein Lieber«, sagte er; seine Stimme kam oben aus dem Kehlkopf, sehr gequetscht. »Mein Lieber, du machst mir nette Zikken, wie?«

»Wie?« fragte Ihr Bruder zurück, der jetzt fertig war, sich abtrocknete und sein Hemd überstreifte.

»Du machst nette Zicken. Von dienstfrei ist mir nichts bekannt, und du ordnest es einfach an.« Er lachte. Auch Ihr Bruder lachte. »Wenn dir nichts bekannt ist, um so besser.«

»Aber jetzt ist es mir bekannt«, sagte der Hauptmann schärfer und stand mit einem Ruck auf. »Und ich sage dir, es ist von Wichtigkeit, daß die Leute morgen ihre Waffen und Klamotten nachsehen, wir werden übermorgen im Rahmen der 17. wieder eingesetzt, etwas weiter südlich, verstehst du?« Er schrie jetzt fast.

»Ich verstehe gut, aber ich werde die Leute erst mal pennen lassen. Im übrigen ...«, er stockte, band sich langsam seine Kragenbinde ein, strich noch einmal übers Haar, sah Schnecker an und schwieg.

»Im übrigen?« fragte der Hauptmann.

»Im übrigen«, fuhr Ihr Bruder ruhig fort, »wäre es mir lieber gewesen, wenn ich dich im Laufe der letzten acht Tage einmal vorne bei mir gesehen hätte.«

»Was?« Es kam etwas Lauerndes in das Gesicht des Hauptmannes, er blickte sofort zu mir herüber, aber ich hatte die Augen geschlossen und tat, als wenn ich schliefe. Die beiden sprachen jetzt leise.

»Es wäre mir lieber gewesen, sage ich, wenn ich dich im Laufe der vergangenen acht Tage einmal bei mir gesehen hätte; auch die Leute hätte das etwas gestärkt; mich auch, muß ich gestehen; es ist furchtbar, immer zu glauben, daß man allein ist. Befehle sind ja schließlich nur Papier.«

»Papier?« fragte Schnecker; sein Gesichtsausdruck war jetzt fast irr, auch seine Stimme war gerutscht, er sprach jetzt heiser.

»Ja, Papier!« schrie Ihr Bruder so laut, daß ich wirklich auf-
fuhr. »Papier! Papier! Von noch geringerer Substanz als das
vergoldete Blech auf deiner Männerbrust.«

»Oho«, rief der Hauptmann, er lachte jetzt wieder. Plötzlich
nahm er militärische Haltung an. »Habe Ihnen mitzuteilen,
Oberleutnant Schelling«, sagte er schnarrend, »daß Sie mit dem
Eisernen erster und zweiter ausgezeichnet sind, und mit dem
Infanteriesturmabzeichen in Silber. Haben sich verdammt an-
ständig geschlagen. In einer Viertelstunde feiern die Herren des
Bataillons ein kleines Fest zu Ihren Ehren und«, er machte eine
Verbeugung gegen sich selbst, »und zu meiner Ehre.«

Er setzte die Mütze auf und ging in schnurgerader Haltung hinaus. Es war fast, als sei er gar nicht dagewesen. Ihr Bruder pfiff
leise, während er sich die Nägel säuberte, die Zigarette im
Mund. Ich stand auf und verlöschte zwei von den Lichtern, die
zu flackern anfingen und in Brand zu geraten drohten.

»Ich habe jetzt wenig Lust zu schlafen, ich denke, wir sehen
uns das Fest einmal an.«

»Wir?« fragte ich erstaunt.

»Natürlich gehst du mit, du kriegst ja auch einen Orden, vielleicht zwei.«

»Ich?« rief ich.

»Natürlich«, er lachte, »und im übrigen sind da Frauen. Ich
möchte gerne noch einmal eine Frau sehen.«

»Weiber?« rief ich.

»Vielleicht auch Weiber«, er lachte wieder, »ich weiß nicht,
welche Sorte hier vertreten ist. Jedenfalls sind es Frauen, und
ich möchte mit einer von ihnen vielleicht ein Glas Wein trinken.«

»Mensch«, rief ich, »Frauen!«

Er stand auf und zog den Mantel an. Ich setzte meine Mütze auf
und schlüpfte in eine gefütterte Tarnjacke.

Wir traten zusammen hinaus in die kalte Nacht; es war still,
etwas wie Frieden lag unter dem dunklen Gewölbe des Himmels. Der Stab lag in einem größeren Gebäude, einem Mittel-

ding zwischen Schloß und Gutshof, ich denke mir, es war das Verwaltungsgebäude einer Kolchose.

Der Posten ließ uns ungehindert durch, obwohl wir die Parole nicht wußten. Wir betraten dunkle Flure, stöberten irgendwo einen Telefonisten auf, der uns ins zweite Stockwerk wies. Lärmender Gesang erfüllte den Korridor, der nach Rußland roch. Eine Tür ging auf, Licht und Lärm quollen in den Flur, wurden gleich wieder verschluckt, und wir waren bald in Berührung mit einer torkelnden Gestalt, die sich einem Fenster näherte, anscheinend, um dort zu erbrechen.

»Ach, Piester«, rief Ihr Bruder. Der Angerufene wandte sich um, erkannte Ihren Bruder und winkte ihm mit der Hand. Wir gingen näher. Er stützte sich auf eine Fensterbank und stöhnte erbärmlich. Es war der Adjutant, ein sympathischer junger Leutnant, der wenig sprach.

Als wir bei ihm standen, sagte er: »Ich kann nicht mehr, Schelling. Er zwingt mich immer wieder zu saufen, ich kann nicht mehr, aber jeden, der nicht säuft, bedroht er mit der Pistole. Ich kann nicht mehr.« Er beugte sich vor, ich folgte ihm mit meinem Blick und sah in einen dunklen, stillen Garten, in dem Rebstöcke zu stehen schienen.

»Wo ist Ihr Zimmer!« fragte Ihr Bruder.

»Warum?«

»Kommen Sie.«

Ihr Bruder faßte Piester am Arm und schob ihn vor sich her den langen Gang hinunter, und jedesmal, wenn Piester stockte, drückte Ihr Bruder nach. Piester öffnete eine Tür.

»Mach Licht«, sagte Ihr Bruder zu mir. Ich zog die Zündholzschachtel, wir traten im Schein des brennenden Hölzchens ein, dann zog ich die Tür zu und lief gleich zum Fenster, um die Verdunkelung zu befestigen.

Die Stube sah kahl aus, auf dem Boden lag ein Tornister, vor dem schmalen Holzbett stand eine Offizierskiste, darauf ein angefangener Brief und eine festgeklebte Kerze. Ein Spiegelscherben hing an der Wand.

Wir zwangen Piester aufs Bett, er sah gelb aus.

»Es wird eine Katastrophe geben«, murmelte Piester, dem, sobald er lag, die Augen zufielen. »Er hat nämlich keinen Schnaps mehr, und der Zahlmeister rückt keinen mehr raus. Katastrophe, man erwartet Sie . . .«

Wir traten wieder in den Flur. Immer hatte ich fast ängstlich nach einer Frauenstimme gelauscht, aber auch jetzt war nur dieses blöde Männergrölen zu hören.

Als wir die Tür öffneten, war es sofort still in der Bude. Es sah wüst aus: Schnecker saß mit gespreizten Beinen über dem Tisch, seine Feldbluse stand offen, und auf seiner breiten Brust war krauses, schwarzes Haar zu sehen. Neben ihm stand ein Artillerieoffizier, der ihm eine Cognacflasche senkrecht über den offenstehenden Mund hielt. Beide setzten nach einer kurzen Pause ihr tierisches Grölen fort.

In der Ecke stand der Bataillonsarzt, ein älterer, bürgerlich aussehender Stabsarzt, und neben diesem eine junge Russin mit weichem, blondem Haar, einem rötlichen, fast bäurischen Gesicht: Sie sah wie ein Mädchen aus. Ich nahm an, daß sie die Geliebte des Arztes war, eine Ärztin, von der man mir beim Essenholen oft erzählt hatte. Sie sollte sehr geschickt im Verbinden und liebevoll zu den Verwundeten sein. Sie sah der Szene am Tisch mit einer vollkommen kalten Neugierde zu, während ihr Liebhaber sie am Arm gepackt hielt und ängstlich dreinschaute.

»Guten Abend, meine Herren«, sagte Ihr Bruder.

Schnecker stieß ein heiseres Gebrüll aus, versuchte vom Tisch zu springen, rutschte dabei aus, so daß er mit dem Kopf vornüber geschlagen wäre, hätten wir ihn nicht rechtzeitig aufgefangen. Der Artillerieoffizier knallte die leere Flasche auf den Boden und sah uns blöde an.

»Guten Abend«, sagte Ihr Bruder noch einmal lächelnd in Richtung der Russin; sie verneigte sich und lächelte uns zu.

Wir halfen Schnecker vom Tisch, auf dem er wie eingeklemmt gesessen hatte. »Keinen Tropfen mehr zu saufen«, schrie er,

»verdammt, keinen Tropfen mehr, die letzten Tröpfchen hat mir mein lieber Karlemann noch aus der Pulle gequetscht.« Dabei tatschte er dem Artilleristen anerkennend auf die Schultern; dieser lachte immer noch blöde.

»Nun«, sagte Ihr Bruder, »du bist mir ein netter Gastgeber, wenn ich komme, ist nichts mehr da.«

Schnecker blickte ihn starr an. Diese blutunterlaufenen Augen waren heiß und häßlich.

Ich sah immer nur die Russin an; nur ihre sanfte und rosige Haut zu sehen, verursachte mir ein schmerzhaftes Glück, und ich zitterte, als sie nun näher trat. Sie hielt Schnecker fest im Auge, hatte ihren trotteligen Stabsarzt an der Hand und näherte sich mit lautlosen Schritten der Tür.

Schnecker hatte inzwischen einen unverständlichen, gegrölten Dialog mit dem Artilleristen, aber als die Russin der Tür ganz nahe war – ich war zurückgetreten und spürte ganz in der Nähe ihren herben und sauberen Geruch –, fuhr Schnecker blitzschnell herum, sein Mund lachte klaffend. »Halt, mein Kind«, schrie er, »noch nicht! Du mußt noch mit mir trinken.« Der Stabsarzt hatte seine Hand gelöst und war zurückgetreten.

»Aber du hast doch gar nichts mehr«, sagte die Russin; ihre Stimme war hell wie klingendes Metall.

»Es gibt Neues!« Er segelte um den Tisch herum, brach in Lachen aus, flitzte an die Tür, riß sie auf und schrie mit gellender Stimme: »Alarm! Alarm! Alarm!«

Wir begriffen erst nichts, wir standen starr, sogar der Artillerist schien etwas ernüchtert. Schnecker kam zurück und rief uns zu: »Jetzt muß er nämlich aus dem Bett, dieser Bursche – und dann haben wir Schnaps!«

Ihr Bruder holte mit einem tiefen Seufzer Luft, stürzte sich auf Schnecker und stieß ihn in den dunklen Flur hinaus. Ich folgte den beiden, die Russin schrie, der Stabsarzt rief: »Mein Gott ... mein Gott ...«, während der Artillerist vergebens versuchte, um den Tisch herumzukommen, und fortwährend stammelte: »Karlemann ... Karlemann ...«

Schnecker rang jetzt draußen mit Ihrem Bruder, er war ein muskulöser Bursche und mußte im Trunk doppelte Kräfte haben. Ich lief hinzu, packte ihn von hinten und schleifte ihn in die Nähe des Fensters, wobei ich in rasender Wut auf ihn lostrommelte. Irgendwo im Dunkeln fiel sein letzter Orden auf die Fliesen, es klang nach Blech. Schnecker stöhnte, spuckte, biß, und immer wieder, wenn er den Mund frei bekam, den Ihr Bruder ihm zuhielt, schrie er wie ein Wahnsinniger: »Alarm! Alarm!«

Von unten war ein Melder heraufgekommen und hatte gefragt, was los sei, und Ihr Bruder hatte ihm zugerufen: »Nichts, er ist besoffen.« Wir waren nun dem Fenster ziemlich nahe, aber jetzt war auch der Artillerist durch die Tür geflutscht und griff Ihren Bruder von hinten an, außerdem kam ein Feldwebel vom Stab den Flur entlanggelaufen und rief: »Was ist los? Was ist denn?«

»Alarm«, schrie Schnecker, »Alarm!«

»Nichts«, rief Ihr Bruder, »er ist besoffen!« Er hatte Schnecker jetzt an der Gurgel, während ich dem Artilleristen ein Bein gestellt hatte und ihn am Aufstehen hinderte.

Schnecker war ganz ans Fenster gedrängt, er stöhnte, schien auch irgendwo zu bluten. »Bedenke doch wenigstens, du Schwein«, sagte Ihr Bruder zu ihm, »daß die restlichen hundertundzwanzig Mann deines Bataillons einmal ein paar Stunden schlafen möchten!«

Schnecker, der jetzt wieder frei stand, schrie noch lauter: »Alarm! Ich befehle Alarm!« Und als Ihr Bruder, plötzlich von einer Art Raserei erfaßt, ihn mitten ins Gesicht schlug, zog Schnecker blitzschnell seine Pistole, setzte sie Ihrem Bruder an die Schläfe und drückte ab.

Ihr Bruder war sofort tot, er fiel in den Flur quer über den wimmernden Artilleristen. Schnecker war blaß geworden, hielt die Pistole in der Hand. Es war unheimlich still, ich wollte mich auf ihn stürzen, aber jetzt fing der erste russische Panzer vor dem Haus an zu schießen. Wir starrten uns an. Wüstes

Knallen zerfetzte den Himmel, Schnecker war bereits in den Flur gelaufen, ich stürzte ihm nach, lief aber dann erst in Piesters Zimmer und schrie ihm ins Ohr: »Die Russen sind da, stiftengehen!« Dann lief ich die Treppe hinunter in den unteren Gang und sprang aus dem Fenster in den Garten.

Es gelang mir zu entkommen, ich sah von weitem das große Haus in Flammen stehen; ich floh, bis ich irgendwo von einem anderen Regiment aufgefangen und wieder eingesetzt wurde. Von unserer Einheit entkam keiner. Die Russen waren in großer Überzahl und von drei Seiten plötzlich übers Dorf gekommen. Und obwohl ich nirgendwo mehr Schnecker begegnete, auch nie von ihm hörte, wußte ich, daß er herausgekommen war. Er kann nicht sterben. Ich nahm an, daß er auf irgendeine Weise Ihre Mutter vom Tode Ihres Bruders unterrichten würde. Er hat nichts getan. Er lebt nur. Das alles erfuhr ich in den letzten Tagen.

Ich übergebe die Wahrheit Ihnen, sie gehört Ihnen ...

Editorische Nachbemerkung

Zugrunde gelegt wurde der Text aus: Heinrich Böll **Werke, Romane und Erzählungen,** *ergänzte Neuauflage, hrsg. von Bernd Balzer, Bornheim-Merten und Köln 1987 (hier: Bd. 1, 1947–1952, S. 364–457). Verschleppte Druckfehler wurden vom Herausgeber ebenso korrigiert wie zuletzt hinzugekommene. Dazu wurde auf den Erstdruck (***Das Vermächtnis***, Privat-druck, München 1981) sowie nötigenfalls auf die Druckvorlage des Erst-drucks zurückgegriffen.*
So wurde etwa auf S. 80 dieser Ausgabe aus der vormaligen »Zigarette« des katholischen Divisionspfarrers eine »Zigarre«; S. 90 aus »ein schreckliches fremdes Lachen« – »ein schrecklich fremdes Lachen«. Auf S. 91 heißt es jetzt richtig: »das helle Kreischen« und nicht mehr: »das helle Kreisen« der Offiziere; S. 93 hängt der Tabak korrekt in »hellen gelben Fransen« und nicht mehr in »hellen gelben Farben« über den Rand der Pfeife.
Die Darbietung eines gesicherten Textes muß der in Vorbereitung befind-lichen kritischen Werkausgabe vorbehalten bleiben.

Materialien

Vorankündigung des Erscheinens von
Das Vermächtnis zum Frühjahr 1951
im Verlag Middelhauve

In Vorbereitung befinden sich:

DER ENGEL SCHWIEG
Roman

Der neue Roman beginnt mit dem Tag des Waffenstillstands. Was sich dann entwickelt, sind keine großen Gebärden, kein „Aufstieg", es ist das wahre, menschliche Schicksal: ständige Gefahr! Vom Krieg wird nichts erzählt, kaum etwas vom äußeren Ablauf der Nachkriegszeit. Heinrich Böll zeigt nur die Menschen dieser Zeit. Mit diesen Menschen erfahren wir, daß es schon viel ist, wenn wir wenigstens noch den Atem der Seele spüren, wenn uns wenigstens ein Strahl der Liebe trifft, wenn wir aus dem verschütteten Grund des Glaubens das ewige Licht vor dem Erlöschen bewahren. In einer Liebesgeschichte, klar und spröde, erleben wir die Phrasenlosigkeit der „heimkehrenden" Generation, die weiß, daß es keine Heimat auf dieser Welt gibt. / Die Schilderung erscheint zunächst rücksichtslos und realistisch, aber es ist nicht der „laute" Realismus. Mit leiser Hand, fast mit grausam leiser Hand führt uns Böll in die letzte Verlassenheit von Menschen, die gerade noch das Leben haben. Von diesem Buch gilt noch mehr die Feststellung, die bei seinen früheren Veröffentlichungen schon getroffen wurde, daß „man es auch heute lesen kann, ja sogar lesen sollte"!

DAS VERMÄCHTNIS

Auch in diesem Buch hat Böll die Form und die Sprache gefunden, die ihn zu einem „neuen" deutschen Erzähler machen. Am Anfang spiegelt er kurz den Frieden und die Sorglosigkeit unserer Tage, aber in diesen trügerischen Schein platzt die unerbittliche Wahrheit hinein, eben jenes „Vermächtnis" aus dem Kriege, die Passion eines Menschen. Böll kennt keine Konzessionen, er schildert das Schicksal in seiner elementaren Gewalt. Aber ebenso vermag er auch noch das Allerzarteste einer Liebe in Sprache und Geschehen einzufangen.

VERLAG FRIEDRICH MIDDELHAUVE · OPLADEN

Bessere Leute. Guter Name statt guter Ware
von Hans Daiber
in: Rheinischer Merkur, 8. 10. 1982

Viktor Böll, ein Neffe Heinrichs, der das Kölner Böll-Archiv verwaltet, hat das Typoskript aus dem Historischen Archiv der Stadt ans Licht gebracht. Entstanden ist der Text vom Frühjahr bis zum Ende 1948, also in den Monaten um die Währungsreform. Heinrich Böll ist damals dreißig Jahre alt gewesen. Voran ging die Erzählung »Zwischen Lemberg und Czernowitz«, die im Winter 1949 bei Middelhauve in Opladen unter dem Titel »Der Zug war pünktlich« erschien. Es folgte der Roman »Wo warst du, Adam?« (Opladen 1951). »Ich schrieb damals sehr viel, und das meiste wurde und ist nicht veröffentlicht worden«, bemerkte Heinrich Böll in einem Selbstkommentar.
Die Story spielt im Entstehungsjahr 1948. Der Erzähler zeigt sich enttäuscht von dem, was aus dem Frieden wird: »Ich kann nicht mehr schweigen. Schrecken und Angst haben mich ergriffen, nachdem ich nun einen kurzen, aber aufklärenden Blick hinter die rosige Fassade des ›Wiederaufbaus‹ und der ›Wiedergutmachung‹ habe tun müssen.« Doch der Ansatz reifte nicht zum Bild der Nachkriegszeit. Da entdeckt jemand zufällig in einem Café einen ehemaligen Hauptmann, der einst im Suff einen Oberleutnant erschossen hat. Der Mörder sitzt, Eis löffelnd, neben einer jungen Frau, »eher jünger als älter geworden, mit jenen leichten Merkmalen beginnender Stiernackigkeit, die für eine gewisse Schicht deutscher besserer Leute unweigerlich eintritt, wenn sie zweiunddreißig sind und alt genug, in die Partei ihres Vaters einzutreten und dort aktiv mitzuwirken«. Über dieses törichte Signalement geht die Gesellschaftskritik nicht hinaus. Der Augenzeuge meldet das in einem 150 Druckseiten langen Brief dem Bruder des Erschossenen. Er klärt ihn dabei umständlich auf über die Umstände 1941 am

Atlantik und an der Ostfront, wobei er sich mit seinen Gedanken und Gefühlen zweckwidrig vordrängt.

Der Erzähler ist offenbar von der Schulbank weg zum Militär gekommen und hat noch nicht ins Zivilleben zurückgefunden. Vorläufig lebt er vom Verkauf seiner Bücher, wohl Vaters Bibliothek. Daher die papierene Ausdrucksweise? »Der Schreiber, ein Feldwebel, stellte mir anheim, auf die Postordonnanz meiner zukünftigen Einheit zu warten und mit dieser gemeinsam den Weg anzutreten. Aber das hätte weitere vier Stunden des Wartens vor diesem öden Chateau bedeutet, so bat ich also darum, mir den Weg zu beschreiben, grüßte und ging.«

Manchmal wird es unfreiwillig komisch: »Der Kampf spielte sich zwischen unseren Augen ab.« Wenn der Erzähler zuviel Trinkgeld gibt, drückt er das so aus: »Ich legte einen Schein auf den Tisch, der viel zu hoch war und den ich mir keinesfalls leisten konnte.« Nicht immer ist er grammatisch und orthographisch ganz sattelfest. »Sie schlug ihre . . . Augen so senkrecht zu ihm auf, daß ich das Gefühl hatte, sie würde vor Glück zerschmilzen.« Aber militärisch kennt er sich aus: »Wenn man viele Jahre in dieser Armee Soldat gewesen ist, . . . hat man ein unfehlbares Gefühl für menschliche Formen.« Goldene Worte: »Die Verzweiflung ist die Hoffnung des Fleisches.« Bildungssplitter: »Jede dieser Kneipen hatte für mich etwas von dem unbeschreiblichen Reiz der« – ja wessen wohl? – »der Cezanneschen Kartenspieler.«

Überhaupt das Unbeschreibliche! Unbeschreiblich die Nähe des Gegners, unbeschreiblich das Leben. Und das Unsagbare: unsagbar mühsam, im Dunkeln eine Kompanie zu ordnen, unsagbar weit eine Schaumwelle, unsagbar wohltuend die Höflichkeit eines Vorgesetzten. Da gibt der Autor den Beruf auf, der ihn zum Sagen und Schreiben verpflichtet.

Heinrich Böll hat den alten Text, der so unerhofft auftauchte, nicht neuerdings gelesen, um nicht ans Umschreiben zu geraten. Damit bekundete er viel Vertrauen ins Verlags-Lektorat. Tatsächlich wurden behutsame Verbesserungen gemacht, bevor der Text in bibliophiler Ausstattung als Festgabe zum zwanzigjährigen Bestehen des Deutschen Taschenbuchverlags ausgegeben wurde. Zu so einem Anlaß ist eine bis dahin unbekannte Stil- und Denkprobe des jungen Heinrich Böll ein taugliches Geschenk. Aber nun sind zehntausend Exemplare aufgelegt worden, nun soll mit einem guten Namen statt mit guter Ware ein Geschäft gemacht werden. Heinrich Böll hat selber von seinen Versuchen in jenen frühen Jahren gesagt: »Es gibt Arbeiten, die nur einen Atelierwert haben, für die Öffentlichkeit weder bestimmt noch interessant sind.« Frühreif ist Heinrich Böll nicht gewesen. Aus diesem »Vermächtnis« hätte ihm niemand eine große Zukunft als Schriftsteller voraussagen können.

Bölls Vermächtnis
von Dieter Fringeli
in: Basler Zeitung, 10. 9. 1982

Daß selbst die »Großen« einmal klein angefangen haben, hat man uns schon in vor-kindergärtlicher Zeit mitgeteilt. Es ist noch kein Goethe, kein Mozart, kein Michelangelo vom Himmel gefallen. Auch Heinrich Böll wurde nicht als Nobelpreisträger und Bestsellerautor geboren, auch er sah sich genötigt, mit der Zeile Eins anzufangen, auch seine Schreibwelt war am Anfang öd und leer, wurde erst im Laufe der Jahre und Jahrzehnte, mit vielen Buchstaben und Wörtern ausstaffiert, wohnlich.
Wie reizvoll es sein kann, Literaturgeschichtliches »rückläufig« zu verfolgen, zeigte vor Jahren eine von Rainer Kussler herausgegebene »Anthologie deutscher Gedichte von der Gegenwart bis zur Renaissance« (»Textbuch Lyrik«, Verlag Max Hueber). Nicht weniger reizvoll ist es, sich »rückläufig« an das Werk

eines Autors heranzutasten, sich zurückzulesen von den letzten Arbeitsergebnissen bis hin zu den Anfängen – von den »Kopfgeburten« via »Butt« und »Blechtrommel« zu den »Vorzügen der Windhühner«, vom »Vater eines Mörders« via »Efraim« und »Sansibar« zu den »Kirschen der Freiheit«, von der »Fürsorglichen Belagerung« über »Vermintes Gelände« zu »Billard um halbzehn«, »Haus ohne Hüter«, »Der Zug war pünktlich«. Ob die rückläufige Methode mehr hergibt als die progressive? Ich möchte es meinen. Jedenfalls ist der Weg »Doktor Faustus« bis »Buddenbrooks« ein anderer als der Weg »Buddenbrooks« bis »Doktor Faustus«. [...]

Zur Diskussion aber steht Heinrich Bölls Früharbeit, der Roman »Das Vermächtnis« (Lamuv Verlag), der im Jahr 1943 in Frankreich und in der Sowjetunion spielt, im Jahr 1948 geschrieben und soeben wiedergefunden wurde.

Die Frage steht an, ob sich der »Kurzroman« aufdrängt, publiziert zu sein; die Frage stellt sich andererseits, ob Heinrich Böll mit der Publikation eines Jugendwerks geholfen ist. Die Antwort hat unübersehbare Konturen, sie nennt sich: Ja.

Bölls »Vermächtnis« ist ein überzeugendes Stück Kriegsliteratur; meine Furcht, das Buch zu lesen, hat sich als unbegründet erwiesen – so unbegründet wie die Schwellenangst, die mich vor der Lektüre von Anderschs frühen Erzählungen »Flucht in Etrurien« befiel.

»Das Vermächtnis«: Eine pure Wunde, die nicht vernarben will, ein von viel Depression durchwirkter Aufschrei gegen Machenschaften, auf die man munteren Herzens verzichten könnte, gegen das, was wir Unmenschlichkeit zu nennen pflegen, gegen den Krieg und diejenigen, die ihn brauchen, um überhaupt »vorhanden« zu sein, gegen die auf nacktem Sadismus basierende uniformierte Profilierungssucht – für alles, was imstande ist, das zu beseitigen, was den Menschen zum mörderischen Apparat macht.

Ob denn keiner Antwort gebe, hat Wolfgang Borchert wissen wollen. Daß es Antworten gibt auf die Frage, wie gut und wie

schlimm Menschen sich in Extremsituationen benehmen können, hat Heinrich Böll in allen seinen Büchern demonstriert –
zuletzt nun in dem frühen »Vermächtnis«, in dem sich die
»Verzweiflung« als »ein wilder sinnlicher Genuß« verrät. Wer
erfahren möchte, wie unbeschreiblich sinnlos ein Krieg ist,
greife zu Bölls Buch: Der Krieg stellt sich als Mittel »gegen die
Langeweile« dar, vermittelt Szenen, in denen »alles vollkommen erstarrt« ist, bleibt das, was er ist.

Ob dieser Krieg je vorbei sein wird? Nach der Kapitulation
sieht Heinrich Bölls Protagonist ein, daß das Großdeutsche
Reich das bleiben möchte, was es schon immer sein wollte. Die
Mörder triumphieren, machen ihren »Doktor«, machen Karriere; die Gegenspieler bleiben bei der Beobachtung stehen:
»Ich habe mich damit abgefunden, daß ich mit diesen Leuten
ebensowenig fertig werde wie mit dem Krieg.«

Alfred Andersch schrieb in seinem Kommentar zu »Artikel
3(3)«: »wer rechts ist/grinst« (in »empört euch der himmel ist
blau«, Diogenes). Ich möchte Heinrich Bölls »Kurzroman« aus
dem Jahr 1948 als Kommentar zu Anderschs Zeilen aus dem
Jahr 1976 verstehen.

Gerechtigkeit für Aussteiger
von Michael Bengel
in: Kölner Stadt-Anzeiger, 22. 10. 1982

Ein neuer Roman von Heinrich Böll ist auf dem Markt, doch
man begegnet ihm fast wie einem alten Bekannten. Den hat
man vielleicht lange nicht gesehen, aber nun, da er vor uns
steht, wirkt er wieder recht vertraut.

Mehr als drei Jahrzehnte hat Bölls Roman »Das Vermächtnis«
im Verborgenen geruht, war vergessen in alten Archiven, ehe er

jetzt wiederentdeckt und endlich gedruckt worden ist. Aber wäre die Geschichte von der Odyssee des Manuskripts nicht bekannt, man würde wetten, man hätte das Buch schon einmal gelesen, vor vielen Jahren allerdings.

Dieser Roman – früher entstanden als alle zuvor veröffentlichten – gehört zur Heimkehrer- und Trümmerliteratur wie das meiste, was aus dieser Zeit geblieben ist. Geradlinig, mit schlichter Kunstfertigkeit entwickelt Böll die Geschichte des Versuchs, inmitten des Krieges einen Rest von Menschlichkeit zu bewahren. Der Obergefreite Wenk, der Erzähler des Buches, trifft in der besetzten Normandie den gleichaltrigen Oberleutnant Schelling, der dort unter seinem Rang als Zugführer Dienst tut in einem endlosen Krieg gegen den Stumpfsinn und die Langeweile. Beide sind auf ihre Weise Außenseiter, sie weichen ab von der Norm ihrer Uniform, gelten als »Intellektuelle«, mithin als unzuverlässig, verdächtig, also mißliebig. Beide lieben dieselbe normannische Wirtstochter – freilich ohne es zunächst zu wissen –, und beide haben denselben Widersacher: Schellings alten Schulfreund, Hauptmann Schnecker, schneidig, feige und korrupt.

Die Spannung zwischen beiden Offizieren, mit der sie in Frankreich, weitab vom Feind, noch umzugehen wußten, tritt nach den ersten Fronterfahrungen in Rußland als Haß und offene Verachtung zutage, der Konflikt eskaliert rasch bis zum tödlichen Ausgang: Schnecker schießt Schelling im Suff über den Haufen, als dieser ihn daran hindern will, durch einen falschen Alarm die übermüdeten Soldaten hochzuschrecken, nur um an weiteren Schnaps für seine Alkoholexzesse zu gelangen. Als die Russen wenig später tatsächlich die Stellung beschießen, wird dem Alarm der Anlaß nachgeliefert, der Mord militärisch gerechtfertigt.

Von einem zweifachen Vermächtnis handelt Bölls Roman, auch wenn der Titel nur auf eines zielt: 1948 trifft der Erzähler abermals auf Schnecker, der soeben seinen Doktor gemacht hat und nun darangeht, Karriere zu machen. Ausdrücklich vermerkt der Erzähler, daß »Schnecker sich nicht verändert hatte«. Allenfalls fällt jene beinahe metaphorische »Stiernackigkeit« auf, »die für eine gewisse Schicht deutscher besserer Leute unweigerlich eintritt, wenn sie zweiunddreißig sind und alt genug, in die Partei ihres Vaters einzutreten und dort aktiv mitzuwirken«. Diese »Stiernackigkeit« entspricht im Böllschen Zeichensystem dem »Sakrament des Büffels«, das gut zehn Jahre später, in »Billard um halbzehn«, die Mächtigen und Arrivierten kennzeichnet.

Wenn die Wiederbegegnung mit Schnecker sich 1948 vor der Kulisse des ersten Sommerschlußverkaufs ereignet, ist vollends deutlich, was später eine der Konstanten von Bölls Kritik wird: die Währungsreform nicht als Beginn einer allgemeinen Reform, sondern als der Start in die Restauration.

Das Vermächtnis des Idealisten Schelling hat daneben seinen sozialen Abstieg hinnehmen müssen. Nur in einer Figur wie Wenk lebt es reichlich folgenlos weiter. Schellings »Vergehen« im Kriege, der Grund für seine Außenseiterposition, war es gewesen, die täglichen »Ungenauigkeiten« bei der Essenszuteilung entdeckt und bekämpft zu haben: eine Kette kleiner Gaunereien, die wenige fett machten auf Kosten der Mehrheit. Die geradezu sakramentale Wertschätzung der Dinge des Lebens macht den scheiternden Schelling zu Bölls Identifikationsfigur im Buch: »Ich kann mir nichts Wichtigeres vorstellen als das Brot, die Margarine, den Zucker meiner Leute«, antwortet Schelling schlicht auf den gleichlautenden Vorwurf Schneckers. Seine »Philosophie des Gramms«, die er nach dem Krieg verfassen wollte, wird als Gedanke von Wenk aufgegriffen: »Deshalb muß es so viele Arme und Betrogene geben, weil ein Gramm so wenig ist und weil so viele Gramm dazu gehören, einen Reichen reich zu machen.«

Dieser Wenk ist die typischste Böll-Figur im Roman: Ein Aussteiger, einer, der sich durch den Hosenboden der guten Gesellschaft gescheuert hat, eine Präfiguration des Clowns Hans Schnier, aber noch ohne dessen Larmoyanz.

»Ich bin kein sehr vertrauenerweckender Zeitgenosse. Den größten Teil meiner Zeit verbringe ich damit, auf dem Bett zu liegen und Zigaretten zu rauchen«, so stellt er sich dem Bruder seines toten Oberleutnants vor. »Meine einzige Sorge ist die Beschaffung des Tabaks, den ich vom Verkauf meiner Bücher bestreite.«

Wenk, der wohl nicht zufällig in Alter, Herkunft, Kriegserfahrung und Dienstgrad mit Böll übereinstimmt, dürfte eher als viele spätere Figuren, eher vor allem als der Clown, dem dieses immer wieder nachgesagt wird, als Sprachrohr seines Autors gelten. Dafür spricht auch sein sprechender Name, dem Böll als junger Germanistikstudent begegnet sein mag: Das mittelhochdeutsche Wörtchen »wenc« bedeutet »klein«, auch »schwach« – typische Attribute Böllscher Helden. Dessen »Vermächtnis« ist also auch ein Vermächtnis an das bisherige Gesamtwerk.

Wie im Keim sind viele Motive der späteren Romane Bölls hier bereits enthalten: Im gerechten Zorn schlägt Schelling zweimal seinen Gegnern »mitten ins Gesicht«, dem korrupten Fouragier und später Schnecker, der ihn daraufhin erschießt.

Im Motivgefüge Bölls taucht die Gewalt als Folge oder Mittel der Empörung seither immer wieder auf: Als Verbrennung eines Jeeps (»Ende einer Dienstfahrt«), als skurriles Ministerattentat (»Billard um halbzehn«, dort auch als Gewalt gegen Sachen in der Sprengung der Abtei), schließlich als der vollendete Totschlag der Katharina Blum. Anderes, wie die Kritik an der Geistlichkeit, wird erst später aus diesem Keim entwickelt, ist aber bereits in nuce enthalten: »Ave, Caesar, morituri...«, grüßt Wenk seinen Divisionspfarrer, und das klingt nun tatsächlich, als wär's ein Stück vom »Clown«.

Es gibt in der Forschung inzwischen die Meinung, Bölls Popularität beruhe vorrangig auf der gemeinsamen Kriegserfahrung mit vielen seiner Generation, sei also mehr eine Sache der Thematik als des künstlerischen Anspruchs seiner Werke. Deren

Einfachheit nimmt man dann für Einfalt, ihren emotionellen Grundton schlicht für Sentimentalität.

Wäre »Das Vermächtnis« sogleich nach seiner Entstehung auch erschienen, so hätte es bei solcher Argumentation wohl gleichfalls als Beleg zu dienen.

Hier aber verwiese das Urteil zurück auf den, der da urteilt, und auf seinen berufsbedingten Zynismus: Das falsche Gefühl der Sentimentalität baut sich auf beim Blick zurück; Bölls »Vermächtnis« aber richtet den Blick auf die Zeit seiner Entstehung, ja, nimmt sogar einen Teil der Entwicklung kritisch vorweg. Auch deshalb ist das späte Frühwerk, das eigentlich nichts Neues bietet, dennoch eine bedeutsame Neuerscheinung in diesem Herbst.

Bölls Engel und Soldaten
von Joachim Kaiser
in: Süddeutsche Zeitung, 6. 10. 1982

Neben dem stetig wachsenden Ruhm Heinrich Bölls und neben der Liebe, die ihm die lesende Nation immer stärker entgegenbrachte – bereits bevor er Nobelpreis-Träger und damit fast entrückte Symbolfigur geworden war –, hat es natürlich auch stets gewisse Tendenzen einer gleichsam außerliterarischen, gesellschaftlichen, subkulturellen Böll-Kritik gegeben. Damit ist gewiß nicht die manchmal formulierte, oft auch nur gemunkelte Abwehr jener kirchlichen, politischen oder publizistischen Institutionen und Konzerne gemeint, die guten Grund hatten, sich von Böll angegriffen, ja »verfolgt« zu fühlen. Und die sich – wenn überhaupt – dagegen mit einer Subjektivierung seines Zornes zur Wehr setzten. Bölls Ausfälle seien verzerrt-individuell, seien poetisch maßlos. Objektiv besagten sie wenig, weil sie die Realität nicht sähen. Oder so ...

Jenseits dieser Abwehrreaktionen Betroffener aber haben in den fünfziger, sechziger und siebziger Jahren drei sehr unterschiedliche Formen der Böll-Verbellung existiert.

»Der kann nicht schreiben, aber erzählen kann er«, spöttelten in den späten fünfziger Jahren die Literaten und die Remigranten, die aus Thomas Manns Dunstkreis kamen und verblüfft erlebten, daß dieser Böll sehr viel mehr Aufmerksamkeit und Erfolg fand als sie selbst, obwohl er längst nicht so brillant und »literarisch« schrieb, wie sie es ihrerseits zu tun glaubten. Dafür möchte ich hier aber keine Namen nennen, weil die Spötter später weit positiver über Böll dachten, der sie nicht nur als Autor, sondern auch als umsichtiger PEN-Präsident und hinreißend heiter-aufrichtiger Redner gewann.

In den frühen sechziger Jahren, als Böll fürs mittlerweile im Wohlstand lebende, lesende Bürgertum unumgänglich wurde, warf man ihm – die SZ hat dagegen erregt polemisiert – muffige Begrenztheiten vor. Warum denn immer dieser Waschküchenmief, die Verherrlichung des Kleinen, Schäbigen, Armseligen – während die Welt, zumal im CDU-Wirtschaftswunder-Staat, doch so viel weiter und reicher schien? Auch dieses Gerede ebbte ab. Nicht nur, weil Böll selber mit Vergnügen einen großen Citroën fuhr, sondern weil sich seine Bücher wirklich keineswegs bloß mit Ausgebeuteten beschäftigten. Unübersehbar machten sie auch wohlhabende Architekten oder gar die fürsorglich belagerte Großbürgerfamilie eines Zeitungsherausgebers und Verbandspräsidenten zu ihren sympathischen Helden.

Die dritte Linie einer subkulturellen Kritik an Böll – sie ist ungemein rüde ausgesprochen in der »Siegfried«-Autobiographie von Ernst Herhaus und Jörg Schröder (1972) – stößt sich an seiner »Nach der Speckseite-Werferei mit seiner kölschen Protestkatholizität« ... »Er produziert für die frustrierten Bonzen den progressiv scheinenden sozialistischen Mief, der keinem weh tut und der den geschundenen Massen ein fernes Licht von geistiger Freiheit verheißt.«

★

Begegnet man heute überrascht einem neuen, aber »frühen«, vollkommen typischen Böll-Text, dann begreift man zwar, warum solche Anti-Böll-Parolen einst aufkommen konnten – aber auch, warum sie unzutreffend sind. »Das Vermächtnis« ist eine sehr mysteriöse, erst 34 Jahre nach ihrer Entstehung »unter umfangreichen und weitverstreuten Materialien« wieder aufgefundene Novelle, ist also bis dahin verschollen, verräumt, versteckt gewesen.

In ihr stoßen wir, gewiß, auf ein paar überdeutliche, eckige, *ungeschickte* Sätze. Die Novelle stammt aus Bölls Frühzeit. Sie sei zwischen »Der Zug war pünktlich« und »Wo warst du, Adam?« entstanden. »Das Vermächtnis« ist nicht nur, was den Tonfall oder die Thematik angeht, diesen Böllschen Anfangswerken verbunden (so jung war Böll da nun auch nicht, bereits über 30), sondern darüber hinaus eigenständig, abweichend, originell. Gerade nicht, mithin, sozusagen die blasse, eben darum zurückhaltende Vorstudie für etwas, was dann viel kräftiger und überzeugender ausfiel.

Ungeschickt? Überdenken wir ein Beispiel: »Das Furchtbare an diesen Bauernhöfen ist, daß sie unbewohnt wirken, während doch Menschen in ihnen hausen. Es fehlt ihnen etwas von jenem Fluidum, das die bäuerliche Arbeit mit sich bringt, eine Art von Muße liegt über allem, fast etwas literarisch Schwermütiges, das an einem Bauernhof grauenvoll wirkt.«

Man spürt, was dieser Passus will. Doch das Wort »dekadent« faßt vielleicht nicht genau zusammen, was Böll an dem verlassenen Gehöft so bewegte. Und »grauenvoll« scheint eher »Gespenstisches«, »Entsetzlich-Lebloses« zu meinen...

So könnte man, erfolgssicher oberlehrerhaft, gewiß einige Partien und Haßaugenblicke aus diesem »Vermächtnis« herauslösen und kritisieren. Scharfe junge Literaten könnten daraufhin wiederum zu dem Schluß kommen, falls heute ein Unbekannter so etwas vorlegen würde, nähme ihm kein vernünftiger Verlagslektor dergleichen ab.

Diese Vermutung geht, wie mir scheint, fehl. Denn der Text ist eindeutig und unverkennbar von Böll. Typisch für ihn ist zunächst der Reichtum an charakteristischen Momenten und Episoden. Hinreißend kurzweilig, dabei ohne jede Effekthascherei, kann er die lähmende Langeweile des dösenden Soldatenalltags beschreiben. Erschreckend plastisch gerät die Schilderung eines Angstmoments im Rußlandkrieg, geradezu unvergeßlich die epische Gestaltung der fehlenden »Front« – kein Mensch weiß, angstbebend, was und wer und wo, vorn und hinten, rechts und links ist...

Eine Rahmenhandlung. Ein Brief, wie jüngst bei Walser. Den Brief schreibt ein Ich-Erzähler. Aber nicht, wie in »Der Zug war pünktlich«, eine Heiligen-Figur, sondern ein schlauer, fast asozialer Künstlertyp, der zigarettenrauchend formuliert und oft Thomas-Bernhard-haft mechanisch ein »mein Herr« einfügt. »Wir Soldaten, mein Herr, haben eine furchtbare Verachtung für das Geld. Geld allein ist nichts. Es hat nur den Wert dessen, was man im Augenblick dafür bekommt: Wein, Weiber oder Tabak.«

Der Erzähler begegnet 1948 dem – gerade bravourös Dr. jur. gewordenen, heiratswilligen – Hauptmann Schnecker. Schnecker war ein widerlicher (und feiger) Vorgesetzter gewesen, sowohl in Frankreich wie auch in Rußland. In der Endphase des Rußlandkrieges hat Schnecker, volltrunken, den Oberleutnant Schelling, der einem irren Befehl des Besoffenen nicht folgen wollte, erschossen. Das teilt der Vermächtnis-Schreiber dem Bruder des Erschossenen mit.

★

Je ferner uns die Entsetzensstimmung des Zweiten Weltkrieges rückt, desto deutlicher zeichnet sich auch ab, was man – als man den frühen Böll las – damals noch gar nicht so klar erkennen konnte. Diese Schilderungen und Novellen haben etwas von *Heiligenlegenden.*

Da ist immer der Kontrast zwischen genau gesehenem, entsetzt geschildertem »Krieg« und jenen reinen Gegenfiguren – die am Bösen heftig leiden und auf solchen Schreckensfolien besonders engelhaft wirken...

In »Der Zug war pünktlich« ist der deutsche Landser, der Ich-Erzähler (der sich im Bordell in eine polnische Pianistin verliebt, die gleichfalls, obwohl Dirne, hoch über den Gemeinheiten der Welt schwebt), selber pathetisch, sentimental, zum Beten und Weinen gestimmt. Im »Vermächtnis« trifft der Erzähler auf einen partiell klug realistischen, aber als Figur doch engelhaft sauberen Oberleutnant.

Zwischen freundlich-vernünftigen, nur ordinären, oberlehrerhaft pedantischen und clever-egoistischen Soldaten sowie einigen teils lieben, teils geldgierigen Damen spielt sich die Erzählung ab. Was sie bringt, leistet, bewußt macht, das ist stärker als ihr Ungeschicktes.

Man darf ja nicht vergessen, daß die *Ungeschicklichkeit* auch mit der unmittelbaren Heftigkeit und Reinheit einer Erfahrung zusammenhing, über die spätere, elegantere Prosaisten nicht so bilder- und entsetzensreich verfügten.

Während man diese Erzählung liest, spürt man, daß die rein *literarischen* (nicht um Gefühle und Leiden geht es der Literatur, sondern darum, wie und wie kunstvoll Gefühl- und Leidensstoffe ausgedrückt werden) Qualitäten unter besonderen Umständen nicht A und O allen Erzählens sein müssen.

Das ist eine heikle – mir im Grunde widerstrebende – Behauptung. Es wäre geschickter und bequemer, sie zu unterdrücken. Im »Vermächtnis« und an anderen Frühwerken Bölls fällt aber auf, daß die Schilderungen des Schreckens, des Bösen, des Klirrend-Kommißhaften und der lähmenden Angst Böll genauer gelingen als die Beschreibung des Gütigen, Edlen und der Liebe. (Wir wollen das nicht übertreiben: Wenn der Oberleutnant Schelling gerechtigkeitsfanatisch für seine Soldaten die tatsächlich vorgesehenen Rationen ertrotzen will und den verschobenen, wenigen Gramm Fett oder Fleisch nachjagt – wie eine Mischung aus Kohlhaas und Don Quixote –, dann hat er jenes wilde Pathos in sich, das in Bölls Erzählung »Die Waage der Balecks« so finster-unwiderstehlich wirkt.)

Trotzdem: Bei Beschreibungen der Liebe, des Weinens und der Sehnsucht exponiert sich der junge Böll manchmal vollkommen ungeschützt. Da gerät er an die Grenze des Simplen, vielleicht sogar manchmal Süßlichen. Aber er denkt nicht an vornehme Vorsicht.

Und warum wird dieses literarische Manko hier verteidigt? Weil man spürt, daß in den Beschreibungen des realen Kriegsentsetzens eine noch fürchterlich frische Betroffenheit vibriert. Böll meistert sie. Aber das kostet Kraft. Und wenn er dann die positiven Gegenbilder auszumalen versucht, würde er sich's gewiß leichter machen mit der Waffe aller versteckt Empfindsamen – also mit Ironie oder Zynismus. Dieser Waffe bediente sich der junge, humorbegabte Schriftsteller Heinrich Böll aber gerade nicht. Sondern er riskiert ungeschützte Direktheit, die gewiß manchmal kritisierbar, blamierbar sein mag.

So entstanden grimmige Kriegserzählungen, die zugleich Heiligenlegenden sind. Bölls Frühestes nimmt auch formal etwas vorweg von der durchtriebenen Kunst der abgründigen Idyllen seiner späteren Jahre: »Entfernung von der Truppe«, vor allem auch »Ende einer Dienstfahrt«.

Das unbestechliche Gedächtnis des Heinrich Böll
von Gert Ueding
in: Frankfurter Allgemeine Zeitung, 16. 11. 1982

Der Fall ist in Kürze dieser: Wenk, ein ehemaliger Funker, trifft nach dem Kriege zufällig den früheren Hauptmann Schnecker wieder, der 1943 an der Ostfront seinen Freund und Schulkameraden, den Oberleutnant Schelling, nach einem Saufgelage und im Vollrausch erschossen hat. Eine Tat zwar im Zustande der Unzurechnungsfähigkeit, aber doch keine zufällige Katastrophe, sondern im Verhältnis der beiden Männer lange vorbereitet. Sie blieb unbekannt und ohne Folgen, weil der Posten gleich darauf von den Russen überrannt wurde und nur wenige mit dem Leben davonkamen.

Jetzt, drei Jahre nach Kriegsende, feiert Schnecker seine Promotion zum Dr. jur., lebt wieder im Nachbarhaus neben der Familie Schelling – die ihren ältesten Sohn vermißt glaubt – und bereitet sich auf den bürgerlichen Ehestand vor. Für Wenk ein unerträglicher Gedanke, und so beginnt er einen langen Brief an den Bruder des »Ermordeten« zu schreiben: »Ich begegnete heute einem jungen Mann, sehr geehrter Herr, dessen Name Ihnen nicht unbekannt sein dürfte.«

Derart beiläufig fangen die besten Kriminalgeschichten an, und immer ist es ein Tag wie jeder andere, an dem sich die unerhörte Begebenheit zuträgt, so daß die Normalität einen Riß bekommt und die Oberfläche des Lebens Sprünge. Denn Wenks Detektivgeschichte schildert nicht allein die Genese eines vergangenen Verbrechens, sondern mit seiner Rekonstruktion auch die Erschütterung der neuen sozialen und politischen Übereinkünfte. Ja, deren Haltosigkeit, Brüchigkeit, Unechtheit sind der eigentliche Skandal, dem dieser Detektiv wider Willen auf die Spur gekommen ist.

»Das Vermächtnis«, 1948 geschrieben und erstmals 1981 in

einem Privatdruck veröffentlicht, gehört zu den »vier oder fünf, vielleicht auch sechs Romanen«, die Böll sich erinnert nach 1945 verfaßt zu haben, die aber, mit dieser einen Ausnahme, bis heute verschollen oder jedenfalls ungedruckt geblieben sind. Die wichtigsten Themen, Figuren und Motive, die uns aus Bölls späterem Werk längst vertraut sind, lassen sich hier bereits auffinden, auch die Erzählweise erkennen wir sofort wieder. Melder Wenk, gemeiner Soldat, ein anständiger, offener, dabei mit allen Überlebenstricks gewaschener Mann: der Typ des von Böll so geschätzten durchschnittlichen Charakters, eigentlich die Nebenfigur der Geschichte, die sich zwischen Schnecker und Schelling abspielt.

Die Konfrontation der Gegner: des intellektuellen, introvertierten, aber kompromißlosen Antinazis und seines Widersachers, eines schneidigen, hochmütigen, aber korrupten Hitler-Gefolgsmannes. Die beiden gegensätzlichen Frauenfiguren: das schöne Dorfmädchen mit den großen braunen Augen, von deren Händen »ein Geruch von Milch und Euter (strömte)«, und die abgetakelte, zynische Prostituierte, »die Kneipenwirtin von Blanchères«, die sich doch ein Stück Menschlichkeit bewahrt hat. Das Modell der reinen, aber unerfüllbaren Liebe inmitten einer Welt der Zerstörung und Grausamkeit, das Thema des sinnlosen Kriegstodes und die aufklärerische Wirkungsabsicht, schließlich die Verwendung plakativer, drastischer Kennzeichnungen (das »SA-Mann-Auge« mit dem »billigen, feurigen Blick«), der moralische Dualismus, der zwischen Gut und Böse kaum Zwischentöne zuläßt, die von Nüchternheit zu Pathos abrupt wechselnde Schreibweise.

Auch Erzählroutine verrät das Buch bereits, der Autor führt seine wenigen Figuren auf einem immer schmaler werdenden Handlungsfeld in die sichere Katastrophe. Kontrapunktisch der Aufbau auch dabei. Am Anfang die quälend lange Exposition, das Frontleben an der Atlantikküste. »Jede Nacht standen dort Tausende Soldaten auf Posten, die auf einen Gegner warten sollten, der nie kam und dessen Kommen manche mit Wollust herbeisehnten.« Am Ende die Erfüllung dieser absurden Sehnsucht, der kurze schnelle Wechsel an die Ostfront, das jähe Grauen, der sinnlose Tod auf dem Schlachtfeld. »Der Feldwebel, der uns geführt hatte, war ein stiller, schmaler Mann, blaß und unrasiert... ›Ich soll heute abend in Urlaub fahren.‹ Er hing die Maschinenpistole um, zuckte die Schultern und reichte uns allen die Hand... Im nächsten Augenblick lag er tot zu unseren Füßen.«

Der äußeren Dynamik des Kriegsgeschehens entspricht die innere Bewegung der Menschen, je näher das Schlachtfeld rückt, um so mehr spitzt sich der Hader zwischen Schnecker und Schelling zu, der Freundeszwist entlädt sich in der einzelnen Bluttat wie die politische Fehde der Nationen im wechselseitigen Vernichtungskampf. Beide Handlungsebenen sind nicht nur durch ein Beziehungsgeflecht von Einzelmotiven miteinander verbunden, Böll läßt keinen Zweifel daran, daß die historische Lage von der menschlichen Verfassung jedes einzelnen abhängt und niemand sich als bloßes Opfer äußerer Verhältnisse aus der Verantwortung stehlen kann.

Hier nun sind wir zu dem immer noch fast unbekannten, dem fruchtbarsten und bis heute ungeschwächt wirksamen Beweggrund seines Werkes gelangt. Wir sind verantwortlich für unser Dasein und unser Handeln, die Geschichte, ob die unseres Lebens oder diejenigen der Staaten und Völker, vermag keine anderen Lehren zu geben als diese.

Nicht aus Vergeltungsdrang oder verletztem Gerechtigkeitsempfinden läßt Böll seinen Erzähler Wenk zur Feder greifen, sondern um das Exempel der menschlichen Bestimmung an einer Figur zu statuieren, die sich ihr hat entziehen wollen. Schnecker hat die Vergangenheit von sich abgestreift wie eine Schlangenhaut, ungerührt hat er eine neue Karriere begonnen – ausgerechnet als Jurist; ungerührt läßt er die Familie seines einstigen Freundes in dem Glauben, der Sohn sei vermißt; ungerührt von allen Erfahrungen gibt er vor, neue, größere Verantwortung übernehmen zu können – als Ehemann, als Familienvater, als Bürger eines neuen, demokratischen Staats. Zum verabscheuungswürdigen Mörder ist dieser Affekttäter aus Unzurechnungsfähigkeit gleichsam erst hinterher geworden, weil er sich geweigert hat, die moralische Verantwortung für seine Tat, ihre unauflösbare Bindung an seine Person anzuerkennen, zu bekennen und zu bereuen.

Und wirklich, Wenks Erinnerungen lassen keinen anderen Schluß zu: Der Freundesmord, aufgetragen auf den alttestamentarischen Mythos vom Brudermord Kains, geht notwendig aus der Geschichte einer lange zuvor begründeten Gegnerschaft hervor, war keine irrational hereingebrochene Katastrophe, sondern konsequenter Schluß- und Höhepunkt von Schneckers Verhalten, das schon immer auf die Vernichtung des unbequemen, weil kompromißlosen Mahners und Gefährten zielte. Privatkrieg und Völkerkrieg geraten abermals zur Deckung, in der Gestalt des skrupellosen Hauptmanns hat sich der Krieg schließlich in den Frieden hinübergerettet.

Indem Wenk ihn enttarnt und den Wolf wieder sichtbar macht, der jetzt so gerne als Lamm durchrutschen möchte, weil er dann um so ungestörter sein Wesen forttreiben kann, legt er zugleich die Bedingungen bloß, unter denen solche Mimikry möglich und erfolgreich werden konnte. Er exekutiert die Lehre seines toten Oberleutnants und übergibt dessen Vermächtnis der Nachwelt, das ist der Sinn der Titelformulierung. »Glück? Wir sind nicht geboren, um glücklich zu sein. Wir sind geboren, um zu leiden, zu wissen, warum wir leiden. Unser Schmerz ist das einzige, was wir werden vorzeigen können... Und wenn Sie das nicht verstehen, daß wir nicht geboren sind, um glücklich zu sein, dann werden Sie gewiß verstehen, daß wir nicht geboren sind, um zu vergessen. Vergessen und Glück! Wir sind geboren, um uns zu erinnern. Nicht Vergessen, sondern Erinnerung ist unsere Aufgabe...«

Dieses Vermächtnis ist die Botschaft des Buches, der Sinn seiner Geschichte und die literarische Konfession Heinrich Bölls. Alles, was er geschrieben hat, ist gegen das Vergessen geschrieben und hat die Erinnerung an so viele Taten und Untaten in sich aufgehoben, wie er nur immer zu fassen vermochte. Ein unbestechliches Gedächtnis, doch nicht das des feinnervigen Psychologen, der aus der unendlichen Vielfalt des menschlichen Seelenlebens seinen Gewinn zieht, auch nicht das Gedächtnis des Sozialchronisten, der den Menschen in den Krisen und Konflikten seiner Zeitverhältnisse darstellt oder gar aufgehen läßt, sondern das Gedächtnis des Moralisten, der um Gut und Böse weiß und nie aufhören wird, sich aller Laster und scheußlichen Verzerrungen des Menschen, aller Mißbräuche seiner Fähigkeiten, des Trägen, Feigen, Niedrigen und Schlechten zu erinnern um des Guten, Reinen, Tapferen willen.

Das moralische Dasein des Menschen ist der eigentliche Gegenstand von Bölls Erzählkunst und die Eigenart seines Werks, dessen zwiespältige Aufnahme bei der Kritik und sein Erfolg beim Publikum haben darin wohl ihre wichtigste Ursache. Holzschnittartige Schreibweise, die klare Verteilung von Licht und Schatten, die grelle Beleuchtung der Widersprüche, der Tugenden und Laster, der Lüge und der Wahrheit, sind Ausdruck aufklärerischer Haltung von fast klassischer Prägung. Wirklich gemischte Charaktere, gar die Faszination von Bosheit und Verbrechen sind diesem Schriftsteller ein Greuel, und er wird nicht müde, immer wieder neue Fabeln zu erfinden, die seine Auffassung überzeugungskräftig machen.

»Ich brauche nicht viel sogenannte Wirklichkeit«, hat er betont und damit auch auf den eigentlich rhetorischen Grundzug seiner Prosa verwiesen, die an möglichst krassen und einleuchtenden Exempeln das moralische Wirken des Menschen zeigt. Das ist in seinem Spätwerk nicht anders als in den früheren Kurzgeschichten und Romanen: Ganz offen verweist der Titel seiner Erzählung vom Schicksal der Katharina Blum auf das Schillersche Muster, den »Verbrecher aus verlorener Ehre«.

Nein, ich glaube, man muß aufhören, Böll als Gesellschafts- oder Zeitromancier zu betrachten und in die Nähe Dickens' oder Fontanes oder Thomas Manns zu rücken. Ein Mißverständnis, das so alt ist wie die literaturkritische und germanistische Beschäftigung mit seinem Werk, und die jüngste Monographie ist ein Schulfall für alle Folgen, welche sich daraus ergeben. Ihr Autor, Klaus Schröter, hat auch einige gewichtige Studien über Thomas und Heinrich Mann geschrieben, und es ist gewiß nicht zufällig, wenn er sich dann von der Person Heinrich Bölls, seiner »Großherzigkeit und Gelassenheit« beeindruckter als von seinem erzählerischen Werk zeigt, gar davon berichtet, wie er fast ein Jahrzehnt seine Böll-Lektüre aus Verdrossenheit eingestellt habe.

Die ganze Darstellung wird derart von Vorbehalten beherrscht, wobei es Schröter nun aber nicht gelingt, über sein begriffsloses Unbehagen hinauszugelangen. So mißfallen ihm das »pathetische Element«, die »psalmodierenden Leitmotive«, das katholische Milieu, die klassenmäßig zwiespältige Herkunft; er rügt den angeblich »ganz auf die klassisch-idealistische Ästhetik gegründeten Literaturbegriff« und beobachtet immer wieder eine »eigentümliche Unsicherheit« oder sogar »eigentümliche Schwäche« in der »Soziologie der Hauptfigur« oder anderer Personen, erwartet also wohl etwas wie eine lehrbuchmäßig exakte Klassenzuordnung des Romanpersonals.

Kurz, Schröter vermißt bei Böll »große realistische Erzählwerke wie die von Fontane und Thomas Mann«. Warum er dann freilich dessen Kandidatur zum Literaturnobelpreis unterstützte, hat er an keiner Stelle seines Buches deutlich machen können. Vielleicht, weil er mit der politischen Wirksamkeit Heinrich Bölls mehr sympathisiert als mit seiner literarischen? Eine gar nicht abwegige Vermutung (die übrigens auf so manchen Zeitgenossen zutreffen mag), denn Schröters Darstellung und Erörterung sämtlicher Pressefehden, von den frühen Querelen Bölls mit seiner Kirche bis zu den späteren Auseinandersetzungen mit allerlei Journalisten und Parteipolitikern über die Einschätzung des Terrorismus, nehmen einen Raum ein, wie er keinem Roman gegönnt wird.

Auch in diesen Zusammenhängen führt das Mißverständnis von

Bölls Absichten zu einigen grotesken Fehleinschätzungen. Der polemische Artikel, das moralkritische Pamphlet, die satirische Karikatur werden von Schröter nicht als Mittel der Aufklärungsabsicht, als wirkungsbezogene Waffen in literarischen Feldzügen erkannt, die aufrütteln, empören, überwältigen und überzeugen sollen, sondern für jene realistischen Werke genommen, die er anderswo vermißt.

Kein Wunder, daß die »restaurative Bundesrepublik« als ein riesiger Sumpf erscheint, wo die »braune Pest« zwar in anderer Form, aber immer noch herrscht, ein »gewisser Medienkonzern« die »lüsternen Leser« bedient und »Hetzkampagnen« jeden Andersdenkenden ins Exil treiben – sei es auch bloß zeitweise ins irische Ferienhaus. Man spürt dann fast sein ratloses Staunen, wenn Schröter schließlich doch berichten muß: »Diesen Enttäuschungen zum Trotz hat Böll noch jüngst bekannt: ›Die Bundesrepublik Deutschland ist das Land, in dem ich leben möchte‹.«

Ein unbequemer Autor
von Heinz Friedrich
Nachwort zur Erstausgabe, München 1981

Heinrich Böll ist das, was man landläufig einen »unbequemen Autor« nennt. Er macht es sich schwer und damit anderen auch. Nie würde er von sich behaupten wollen, womit Brecht sich oft ebenso kokett wie rabulistisch aus der Affäre zog: in mir habt ihr einen, auf den könnt ihr *nicht* bauen. Heinrich Bölls Devise lautet allezeit: in mir habt ihr einen, auf den könnt ihr bauen. Sein soziales Gewissen schlägt laut und allen vernehmbar; es schlägt vielleicht manchmal zu laut oder zu hektisch, aber es produziert nie falsche Töne. Was Böll sagt, das sagt er unumwunden; jede dialektische List ist ihm ebenso fremd wie die modische Phrase. In spitzfindigen Theorien und verbalem Imponier-Gehabe fühlt er sich weder geistig noch emotional zu Hause. Seine sozialen Postulate entbehren der bequemen zeitgeistigen Anbiederung; sie entspringen vielmehr einem naiven Mitfühlen und Mitleiden mit der menschlichen Kreatur, die, von Gott geschaffen, aber aus der unmittelbaren Obhut Gottes wieder entlassen, sich selbst und ihresgleichen ausgesetzt ist.

Diese naive, mitfühlende, miterlebende und miterleidende Teilnahme am Schicksal des anderen erklärt letztlich auch Heinrich Bölls Erfolg jenseits des politischen Meinungsstreits vom Tage. Selbst Bölls Gegner können sich der Unmittelbarkeit und Unbedingtheit nicht entziehen, durch die menschliche Schicksalswahrheit in den Romanen und Erzählungen dieses Autors Ereignis wird und dadurch allgemeine Verbindlichkeit erringt. Selbst dort, wo Heinrich Böll Menschen und Situationen satirisch überzeichnet, setzt sich dieser Grundton menschlicher Wahrhaftigkeit immer durch. Dieser Grundton aber ist das, was Geschriebenes zur Dichtung macht und sie aus dem Tagesgeschreibe, das oft fälschlicherweise für Literatur gehalten wird, hinaushebt und exemplarisch für Generationen erscheinen läßt.

Die »Helden« in Bölls Erzählungen (Helden darf man sie nennen, weil das Wesen des Helden ja nicht nur durch Glanz und Gloria und durch Sieg sich bekundet, sondern durch Größe auch in der Vergeblichkeit und im Scheitern) – Bölls Helden sind Verstörte, die in einer sich selbst abhanden gekommenen Gesellschaft nach mitmenschlicher Zwiesprache suchen und in Konflikt mit der Halbherzigkeit ihrer Umwelt geraten – mit einer Umwelt, die sie selbst unschuldig-schuldig teils leidend, teils handelnd mitgestalten, und zwar auch dort, wo sie sich ihr widersetzen.

Heinrich Böll ist den Gestalten seiner imaginierten Welt so realistisch nah wie Gerhart Hauptmann in seiner besten Zeit den großen Figuren seiner sozialen Tragödien nah gewesen ist. Keine interessantmachende Reflexion schiebt sich zwischen ihn und sie. Böll schwätzt nicht; er handelt, indem er schreibt. Er ist kein Agitator, sondern ein Aktivator – das heißt, einer, der sein Publikum aus der buchstabenkonsumierenden Lethargie aufzuschrecken wünscht – durch die Konfrontation mit dem Leben selbst.

Natürlich: wer aufschreckt, der eckt auch an, manchmal sogar bei denen, die ihm wohlgesinnt, ja, die mit ihm eines Sinnes sind. Aber wenn sie auch manches von dem, was er sagt und tut, nicht rundherum billigen, so verstehen sie es doch fast immer. Sie verstehen es, weil sie wissen, daß die Triebfeder, die Heinrich Böll zu überdeutlichen Aussagen und Handlungen veranlaßt, eben jene Grundhaltung ist, die signalisiert: auf mich könnt ihr bauen. Nur aus dieser Perspektive läßt sich ein Mann wie Böll auch dort begreifen, wo er für viele Zeitgenossen zu einem Ärgernis wird und sich in Widersprüche zu verwickeln scheint. Die Widersprüche liegen nicht in ihm, sondern in der Zeit, gegen die er leidenschaftlich, und das heißt ja: mit unbedingter Bereitschaft zum Leiden aufbegehrt.

Die kreatürliche Erfahrung mitmenschlichen Existenznotstandes, die im Krieg und in den ersten Nachkriegsjahren niemand erspart blieb, mag manchem wieder im Lauf der Wohlstands-Jahrzehnte verlorengegangen sein. Für Heinrich Böll ist sie aktuell wie am ersten Tag. Er blieb, wie viele der Kriegs-Generation, ein vom Krieg Versehrter – versehrt an Geist und Seele. Und er macht daraus kein Hehl; er verbirgt seine ihm zugefügten Gebrechen nicht schamhaft, sondern er sagt, ja schreit gelegentlich heraus, was er litt und woran er noch, stellvertretend für viele, leidet. Deshalb mußte und muß er den Tanz um das Wohlstandskalb, den unsere Gesellschaft, anstatt sich sozial-moralisch zu erneuern, veranstaltet, als ein Verhängnis empfinden. Für Böll kann der Wohlstand keine Therapie für jene Leiden sein, die unserer Generation zugemutet wurden; er sieht in ihm eher eine Verdrängung der unabdingbaren gesellschaftlichen Verpflichtung, der scheinbar sinnlos gewordenen Existenz einen neuen, moralisch zentrierten Sinn zu geben.

Ob primär die Umverteilung materieller Güter und damit der Ausgleich sozialer Wohlstands-Ungerechtigkeiten allerdings die unserer Zeitgenossenschaft aufgegebenen Probleme wird lösen können, daran mag vielleicht auch Heinrich Böll gelegentlich zweifeln. Denn seine sozialen Postulate sind tieferer, nämlich – und darin ist er immer noch Katholik – religiöser Natur. Sein Denken zielt auf Erlösung der Mühseligen und Beladenen ab – auf eine Erlösung, die mehr aktivieren soll als nur die Bereitstellung von materiellen Gütern, nämlich seelische Erneuerung im Geist einer Moral der mitmenschlichen Verantwortung.

Wenn wir dies begreifen, dann fällt es uns wesentlich leichter, diesen unbequemen und bis zur Einseitigkeit sozialmoralischen Heinrich Böll nicht nur zu verstehen, sondern auch zu achten und sogar zu lieben. Ja: vor allem, ihn zu lieben. Denn immerhin ist eine der versöhnlichsten Eigenschaften dieses viel bewunderten und viel gescholtenen Autors diejenige: daß er liebenswert (der Liebe wert also) ist, seiner Bücher und seiner selbst wegen. Die bundesdeutsche Wirklichkeit wäre ärmer ohne ihn. Wir brauchen Bölls, und sei es als Pfahl im Fleische, der uns daran hindert, unsere Leidensfähigkeit zu verlieren.

Heinrich Bölls Erzählung (er selbst nennt dieses Stück Prosa einen »Kurzroman«) wird hier zum ersten Mal veröffentlicht, obwohl es sich um ein »Frühwerk« handelt. Böll selbst bemerkt zu diesem Sachverhalt in einem Brief (13. Mai 1981): »Am ›Schicksal‹ dieses Manuskripts ließe sich leicht darstellen, welche Rolle der Zufall in der Literatur (und damit in der Literaturgeschichte) spielt. Ich habe noch einmal nachgedacht, und bin doch jetzt sicher, daß das MS 48/49, nicht später, entstanden ist. ›Der Zug war pünktlich‹ – das weiß ich genau – entstand im Winter 47/48, wurde dann von einem Verlag angenommen, der ein Opfer der Währungsreform wurde, und es erschien dann eben erst 49. Das Euch vorliegende MS entstand kurz danach (oder fast gleichzeitig), lag dann – das weiß ich noch – eine Zeitlang bei Desch, wurde abgelehnt (um die Währungsreform herum oder etwas später), und ich vergaß es. Also einigen wir uns auf 48/49.«

Verdient hat der Kurzroman dieses Schicksal nicht. Denn er ist keineswegs nur von werkbiographisch-archivarischem Interesse. Gewiß: Böll würde diese Geschichte heute straffer, seiner sprachlichen und epischen Mittel sicherer schreiben; auch würde er auf das blasse Einsprengsel der Liebesgeschichte entweder ganz verzichten oder diese Episode kräftiger, für den Gang der Handlung charakteristischer ausführen. Aber solche Mängel zählen wenig gegenüber den unbestreitbaren Qualitäten dieser Geschichte, die den jungen Böll bereits als einen Autor ausweisen, der seinen Weg in die Literatur gefunden und eingeschlagen hat.

Wer je unter dem Zwang der Uniform litt, kann bei der Lektüre dieses Textes nicht kühl bleiben. Er ist mehr als ein »literarisches Zeugnis«; er ist die »innere« Leidensgeschichte des einfachen Landsers schlechthin, erspürt mit der Sensibilität dessen, der den tödlichen Alltag des Krieges als Zusammenbruch menschlicher Würde diagnostiziert. Die unheimliche Diskrepanz zwischen fast schon schablonenhafter Disziplin und menschlicher Moral-Anarchie, die der Ausnahmezustand des Krieges auslöst, entlarvt sich als eine makabre Tragikomik, die jede Wertordnung, indem sie sie scheinbar bejaht, de facto auf den Kopf stellt. Die wenigen, die sich diesem Verfall durch Menschlichkeit zu widersetzen versuchen, manövrieren sich in die Rolle des Don Quichote; indem sie durch ihr moralisches Verhalten das aufrechtzuerhalten trachten, wofür die soldatischen Rituale einzustehen vorgeben, vernichten sie sich selbst – wie jener Oberleutnant Schelling, der schließlich, ungeachtet der tödlichen Bedrohung von außen, von seinem Hauptmann im Suff erschossen wird.

Der Erzähler, ein Simplicius des Zweiten Weltkriegs, steht fassungslos vor der Tatsache, daß dieser bramarbasierende Mörder nach Kriegsende, als sei nichts geschehen, ins zivile Leben zurücktaucht und sich anschickt, das aus den mitverschuldeten Trümmern aufzubauen, was man eine »bürgerliche Existenz« nennt. Diesen Widersinn klagt der Erzähler an, deshalb sagt er die ungeschminkte Wahrheit über das Schicksal des angeblich Vermißten – mit der Erbitterung dessen, der angesichts des Erfahrenen und Erlebten nicht mehr zur bürgerlichen Tagesordnung übergehen kann und auch nicht mehr zur Tagesordnung übergehen wird.

Böll ist mit diesem Erzähler identisch, ganz gleich, ob diese Geschichte eine fiktive oder eine erlebte ist – und das Thema, das hier angeschlagen wird, ist Bölls schriftstellerisches Lebensthema schlechthin, das Lebensthema eines Mannes, der in tiefster Seele versehrt aus der Hölle heimkam, die Krieg heißt. Es ist aber auch das Thema einer ganzen Generation, die noch immer nicht mit sich selbst ins reine gekommen ist, weil sie verdrängt, wo sie sich der Wahrheit menschlicher Kläglichkeit und menschlichen Versagens stellen müßte. Nur durch entschiedene Offenheit kann nämlich die Fragwürdigkeit des Allzukläglichen unserer Existenz, wenn nicht aufgehoben, so doch gemildert werden.

Nachwort

Bücher haben ihre Schicksale

Das Schicksal dieser Erzählung Heinrich Bölls, die 1982 erstmals der literarischen Öffentlichkeit zugänglich gemacht wurde, ist es wert, nachvollzogen zu werden. *Das Vermächtnis* wie auch der ebenfalls nachträglich veröffentlichte Erzählungsband *Die Verwundung* (1983) gaben bei ihrem verspäteten Erscheinen der Kritik und der Literaturwissenschaft einige Rätsel auf. Unklar blieb – so auch der Verlag – »warum sie eigentlich nie veröffentlicht wurden«.

Die offenen Fragen und Unsicherheiten zu den Anfängen des Schriftstellers Böll und zur Entstehungsgeschichte der frühen Werke boten immer wieder Anlaß zur Spekulation. Stellvertretend für viele merkte ein Rezensent beim Erscheinen der Buchausgabe des *Vermächtnisses* an: »Die Geschichte dieser Erzählung ist nebulös«, um dann zu insinuieren: »Wollte oder sollte sich kein prominenter Verlag dafür finden?« Auch ernstzunehmende Wissenschaftler stocherten im dicken »Nebel der Vergangenheit« und behalfen sich zuzeiten mit dem »Mysterium« der Anfänge. Zu unwahrscheinlich erschien es, daß Büchermarkt und Literaturbetrieb das rechtzeitige Erscheinen des seiner literarischen Qualität nach ja durchaus beachtlichen Frühwerks verhindert haben sollten. Und doch war dem so.

Und auch wieder nicht. Als Heinrich Böll am 22. Mai 1948 notierte: »Angefangen: Das Vermächtnis, 20 Seiten« konnte von Literaturbetrieb und Markt im herkömmlichen und späteren Sinne keine Rede sein. Er war Ende 1945 nach kurzer, jedoch bedrückender Gefangenschaft im Westen mit seiner Familie in das zerstörte und entvölkerte Köln zurückgekehrt. Es fehlte am Notwendigsten: an Nahrung, Wohnung, Kleidung. In Köln wie überall, wohin die faschistische deutsche Kriegs-

maschinerie die mörderischsten Verwüstungen der Weltge-
schichte gebracht hatte, war der Alltag bestimmt vom »Kampf
ums tägliche Brot«. Das erste Jahr ging damit hin.
Ein Jahr nach der Rückkehr aus Krieg und Gefangenschaft begann Heinrich Böll erneut zu schreiben. Im März 1948 berichtet er Axel Kaun vom Horizont Verlag in München: »Mein literarischer Werdegang ist ungefähr folgender: erste Versuche von
sehr großer Quantität fanden von 1936 bis 1938 statt, dann absolute Flaute, solange ich Soldat war, darüber hinaus bis Ende
1946. Plötzliches Erwachen des literarischen Gewissens und
seitdem ununterbrochene Arbeit [. . .].«
Kaun war 1947 durch erste Veröffentlichungen Bölls im *Rheinischen Merkur* und in der in Kassel erscheinenden literarischen
Zeitschrift *Das Karussell* auf ihn aufmerksam geworden und be-
absichtigte, einige seiner Kurzgeschichten in eine projektierte
Anthologie mit Arbeiten junger deutscher Autoren aufzunehmen. Die Herausgabe scheiterte schließlich an den ökonomischen Auswirkungen der Währungsreform in den Westzonen.
Einige Hinweise sprechen heute dafür, daß die von Böll in seiner schriftstellerischen Vita angeführte »absolute Flaute« während Arbeitsdienst und Kriegseinsatz durch den einen oder anderen frischen, auflandigen literarischen Wind unterbrochen
wurde. Anläßlich der 1987 von Bernd Balzer besorgten ergänz-
ten Neuauflage der Romane und Erzählungen wies der Herausgeber in seinem Vorwort zu Recht auf die Unhaltbarkeit der in
der Böll-Literatur lange und liebevoll gepflegten These von der
»entscheidenden Inspiration« durch das Kriegserlebnis hin. Die
Initialzündung – soweit im Prozeß der Herausbildung literarischer Aneignung und Verarbeitung von Wirklichkeit eine solche Begrifflichkeit überhaupt Anwendung finden kann – geschah sicher früher und steht in Zusammenhang mit der vom
Autor im nachhinein benannten und beschriebenen direkten
Erfahrung »des Zerfalls der bürgerlichen Gesellschaft«.
Die Bedingungen der Existenz eines wirtschaftlich gefährdeten
und der eigenen als naturgemäß empfundenen Zuversicht und

Sicherheit beraubten mittleren Bürgertums hatte Böll am eigenen Leib, d. h. in der eigenen Familie erfahren. Wirtschaftskrise und politisch-ideologischer Zerfall der Gesellschaft zu Ende der zwanziger bis weit hinein in die dreißiger Jahre (von den Nazis keineswegs ursächlich beseitigt, sondern mit brutaler Gewalt und durch die Einleitung der Kriegswirtschaft nur niedergehalten und ideologisch übertüncht) geben die Folie, vor deren Hintergrund sich Bölls literarischer Impetus herausbildete. Die Beschäftigung mit Literatur und Literarischem hält die gesamte Kriegszeit hindurch an, und der Wunsch nach einem schnellen Ende des verabscheuten Krieges verbindet sich dabei immer wieder mit der Hoffnung auf ein Nachkriegsleben als »freier Schriftsteller«.

Die erste Arbeit des Schriftstellers Böll nach dem Kriege war ein Roman. Dieser Roman blieb unveröffentlicht, obwohl er ihn Mitte 1947 bei einem Preisausschreiben einer Zeitschrift vorlegte. Von November 1946 bis Frühjahr 1948 entstanden dann unter denkbar ungünstigen Bedingungen um die vierzig Erzählungen und Kurzgeschichten. Viele davon schickte Böll »auf die Reise durch die Redaktionen« und bot sie zur Veröffentlichung an. Bewußt herbeigeführte »programmatische Erstpublikationen« hat es demnach nicht gegeben, auch wenn in der Sekundärliteratur solche Vermutungen von Zeit zu Zeit auftauchen und sich oft hartnäckig halten oder fortschreiben.

Heinrich Böll hat in Vorbereitung der Erstveröffentlichung des *Vermächtnisses*, die aus Anlaß des 20jährigen Bestehens des Deutschen Taschenbuch-Verlags (dtv) 1981, etwa ein Jahr vor der Publikumsausgabe im Lamuv Verlag, als »Privatdruck« mit limitierter Auflage veranstaltet wurde, eine – wie ich denke – sinnvollere Vorgehensweise zur Erforschung und Einordnung seines Frühwerks angeregt: »Am ›Schicksal‹ dieses Manuskripts ließe sich leicht darstellen, welche Rolle der Zufall in der Literatur (und damit in der Literaturgeschichte) spielt.« Nimmt man den »Zufall« hier nicht nur als etwas Willkürliches, Unvorhersehbares, sondern in etymologisch ursprünglichem Sinne auch als etwas, das einem durch die (Zeit-)Umstände »zufällt«, so ergibt sich daraus vielleicht ein zumindest für die Geschichte der deutschen Nachkriegsliteratur zweckmäßiger literatursoziologischer Untersuchungsansatz.

Das Unterbringen der eigenen Texte bei Verlagen und Zeitschriften gestaltete sich in den ersten Nachkriegsjahren (nicht nur für Böll) ausgesprochen schwierig. Die renommierten Altverlage nahmen die Arbeit und Produktion erst allmählich wieder auf. Die amerikanische Besatzungsmacht handhabe die Lizenzvergabe zunächst sehr restriktiv. Nach den angelegten Kriterien galten viele der Verleger, die nach 1933 weiter produziert hatten, als politisch belastet. Zahlreiche Verlagsneugründungen waren hingegen nur von kurzer Dauer. Alle Verlage aber litten unter den beschränkten materiellen Produktionsbedingungen. Das Papier war knapp und wurde zugeteilt, Bindematerial fehlte, Maschinen ebenso. In den Westzonen galt mithin eine Auflagenbeschränkung auf 5 000 Exemplare pro Titel. Da Lizenzen anfangs nur für jeweils eine Besatzungszone erteilt wurden und Vertriebswege wie Sortimenter z. T. darniederlagen, kam der zonenübergreifende Buchhandel nur schleppend in Gang.

Literatur und Kultur der ersten Nachkriegsjahre zeigen im Rückblick Widersprüchliches. Vorherrschend waren die Autoren der selbstbenannten »inneren Emigration«. Ihr ästhetisch wie politisch vornehmlich am Überkommenen ausgerichtetes Literatur- und Kulturverständnis bestimmte die Mehrzahl der Veröffentlichungen. Vor dem Hintergrund von verordneter »Kollektivschuld« und »Re-education« traten viele Schriftsteller gemeinsam mit ihren Lesern den Rückzug an in die so verstandenen überzeitlichen und autonomen Gefilde von Geist und Kunst. »Ewige Wahrheiten« wurden gehandelt und »aristokratische Geisteshaltungen« gepflegt. Die alltägliche Wirklichkeit der zerstörten Städte und Hoffnungen, der Flüchtlingsströme, all die in deutschem Namen und von Deutschen begangenen Verbrechen des Krieges und die Greueltaten der Vernichtung der europäischen Juden kamen in diesen »poetischen Konzepten« kaum vor. Und wenn, so deutete man die Ursachen als »Krise des Abendlandes« und fand Trost in den höheren Sphären christlich-religiöser Mystik und/oder »klassisch« gesetzter deutscher Geistestradition (Goethekult).

Peter Rühmkorf charakterisiert die Protagonisten dieser absichtsvoll gepflegten geistigen deutschen Nachkriegsatmosphäre und ihr Publikum in dem Essay »Das lyrische Weltbild der Nachkriegsdeutschen« (die »Poesie« war die bevorzugte Form solch literarischer Weltaneignung – man schrieb Sonette): »Das hatte sich einst vor einer zu groß geratenen Zeit ins Geringe und Bescheidene geflüchtet, das hatte sich im Grauen seine Enklave geschaffen und auf heroische Blähsucht mit Kleinkunst geantwortet; nun suchte es sein Publikum, und fand den angemessenen Widerhall bei all jenen, die nach dem Höllentanz wieder Heimchen am Herde sein wollten.«

Im Wortsinne »außen vor« blieben die vor Krieg und Faschismus ins Ausland geflohenen Schriftsteller. Noch vor der ideologischen Absicherung durch Cold War und Truman-Doktrin regte sich bereits 1945 der Widerstand der »inneren Emigration« gegen die sogenannte äußere. Im August 1945 hatte Walter von Molo Thomas Mann in einem Offenen Brief zur Rückkehr nach Deutschland eingeladen. Frank Thiess nahm dies zum Anlaß, den von den Nazis vertriebenen Dichtern vorzuwerfen, sie hätten »aus den Logen und Parterreplätzen des Auslands der deutschen Tragödie« zugeschaut. Die daraus resultierende öffentliche Kontroverse machte deutlich, wie total die Vertreibung gewesen war. Zur kulturellen Debatte der Weimarer Republik und zu den Traditionslinien einer fortschrittlichen deutschen Literatur führte in den westlichen Besatzungszonen vorerst kein Weg zurück. Thomas Mann reagierte während seines ersten Besuches in Deutschland – im Goethe-Jahr 1949 – auf diese Konstellation: »Ich weiß, daß der Emigrant in Deutschland wenig gilt

[. . .]« –, und wie er kehrten viele bedeutende Schriftsteller entweder gar nicht, verspätet oder über den Umweg der späteren DDR nach Deutschland zurück.

Die ästhetische Restauration – wie stark sie auch auftrat – war jedoch nicht allein. Das geistige Leben der Nachkriegszeit wurde mitgeprägt durch zahlreiche Neugründungen literarischer und kulturpolitischer Zeitschriften: allein 17 waren es 1945/46. In diesen Zeitschriften meldete sich eine neue, andere Generation zu Wort. Hans Werner Richter und Alfred Andersch gaben in München den *Ruf* heraus, Walter Dirks und Eugen Kogon die *Frankfurter Hefte,* dort wie im *Karussell* aus Kassel, das Moritz Hauptmann leitete und an dem Ernst Glaeser mitarbeitete, konnten Böll, Borchert und andere ihre ersten literarischen Arbeiten placieren. Viele dieser Periodika hatten die alte strikte Trennung von Schöngeistigem und Politik aufgegeben und versuchten, die gesellschaftliche Nachkriegsrealität auf ihren Seiten möglichst umfassend abzubilden. In diesen Zeitschriften kamen bevorzugt jene zu Wort, die aus Krieg und Gefangenschaft heimgekehrt waren und denen Niederlage und Kapitulation als Befreiung und Chance zum Aufbau einer neuen, meist freiheitlich- oder christlich-sozialistisch gedachten Gesellschaft galten. Auch einige aus dem Exil Heimgekehrte waren dabei wie etwa Walter Maria Guggenheimer.

Die Ideale und Illusionen dieser »jungen Generation« (das Epitheton galt kaum den Geburtsjahrgängen der Betroffenen: H. W. Richter war 1947 bereits 39, Andersch 33 und Heinrich Böll immerhin 30 Jahre alt) hielten den sich entwickelnden ökonomischen und politischen Realitäten nicht lange stand. Gegensätze zu den Interessen der Besatzungsmächte bauten sich auf und führten beim *Ruf* (Untertitel: »Unabhängige Blätter der jungen Generation«) zum Verbot durch die Amerikaner im April 1947. Der Vorwurf lautete, die Herausgeber tendierten zum (wohl: weltanschaulichen) »Nihilismus«. Peter Weiss charakterisierte 1948 den Ablauf dieser restaurativen

Entwicklung: »1947 – alles was seitdem geschah, ist Folge dieses grundlegenden Betrugs an den Erwartungen einer Erneuerung.«

Im Umfeld und Wirkungskreis dieser Zeitschriften, der Feuilletonredaktionen einiger weniger Zeitungen (*Rheinischer Merkur, Hessische Nachrichten*) und der für die Entwicklung einer »jungen« deutschen Nachkriegsliteratur bedeutungsvollen Münchner Verlage Kurt Desch und Willi Weismann (häufig existierten personelle, ökonomische oder organisatorische Verbindungen zwischen den genannten Medien) entwickelte sich das schriftstellerische Profil Heinrich Bölls. Am schnellsten und einfachsten ließen sich Erzählungen und Kurzgeschichten unterbringen und verwerten. Diese objektiven Veröffentlichungsbedingungen korrespondierten mit den sozialen und wirtschaftlichen Lebensumständen des noch unbekannten Autors Böll. Die Familie lebte zunächst vom Lehrergehalt Annemarie Bölls (zu der Zeit 325 RM, das kosteten zwei Pfund Mehl und ein halbes Pfund Butter auf dem Schwarzmarkt). Heinrich Böll arbeitete in der Tischlerei des Bruders mit, gab Nachhilfestunden, baute die Wohnung aus, organisierte Lebensmittel, Tabak und Tee, wie als Soldat gelernt... – und schrieb, oft abends, nachts und am Wochenende. Aus dieser Zeit stammt der Vorsatz: »Jeden Monat wenigstens eine gute Story!« Die Honorare konnten in den ersten fünf Jahren die unsichere Existenz nie sichern, immer wieder tauchten Überlegungen auf, den »freien« Beruf zugunsten einer festen Anstellung dranzugeben. Die sich mehrenden Veröffentlichungen, Zuspruch von Freunden und Familie, Ermutigung und Kritik von Redakteuren und Lektoren und schließlich die sich mehr und mehr konkretisierenden Verlagskontakte erleichterten das Durchhalten.

Es ist klar, daß bei Böll von der oft behaupteten formalen Entwicklung von der kleinen zur großen Prosa, von der Kurzgeschichte über die Novelle zum Roman nicht gesprochen werden kann. All diese Formen (und noch andere) haben stets mehr oder weniger nebeneinander, gleichzeitig und auch in gegenseitiger Durchdringung existiert. Ob die Herausbildung der Kurzgeschichte nach 1945 insgesamt als angemessene Form für die angenommene »weltanschauliche Unsicherheit« ihrer Produzenten angesehen werden kann, erscheint mir ebenso fraglich wie die flott formulierte Bemerkung eines Böll-Biographen hinfällig: »Die ›Trümmerliteratur‹ war gefüllt mit kleinen Formen der Prosa.« – Die Entwicklung der deutschen Nachkriegskurzgeschichte sollte – bei aller Anerkennung der Einflüsse angloamerikanischer Vorbilder – nicht losgelöst betrachtet werden von den hier bereits angedeuteten allgemeinen Distributions- und den privaten Produktionsbedingungen. Vor dem spekulativen Nebel liegen die Fakten.

Am Samstag, den 22. Mai 1948, beginnt Böll mit der Arbeit an der ersten Fassung des *Vermächtnisses*. Im ersten Schaffensprozeß entstehen sogleich 20 Seiten. Am nächsten Tag folgen weitere 23. Dies war – wie Heinrich Böll später bestätigte – bezeichnend für seine Arbeitsweise. Wenn die Umstände es erlaubten, entstanden große Partien auch längerer Prosatexte quasi an einem Stück: ohne aufzusehen. Später wurden diese Texte dann, die zunächst meist Entwurfscharakter hatten, wieder vorgenommen, überarbeitet, neu abgeschrieben, korrigiert, abgeschrieben... – oft viele Male. Nach weiteren sechs geschriebenen Seiten nahm Böll am 30. Mai die »endgültige Korrektur« von *Zwischen Lemberg und Czernowitz* dazwischen (begonnen Mitte April 1948), das später den Titel *Der Zug war pünktlich* bekam und Ende 1949 beim Verlag Friedrich Middelhauve erschien, sein erstes Buch. Bereits im Januar hatte Heinrich Böll die längere Erzählung *Die Verwundung* begonnen, so daß drei umfangreiche Prosatexte nicht nur in unmittelbarer zeitlicher Nachbarschaft, sondern teilweise sogar in zeitlicher Überschneidung zustande kamen. Im gleichen Zeitraum schrieb er mehrere Kurzgeschichten, entwarf Arbeitsskizzen und arbeitete an einem Drama.

Der erste Entwurf war dann am 27. Juni fertig, und einen Tag drauf notiert Böll: »Vermächtnis beendet. Deo gratias«. Den »ersten Brief« seiner »Erzählung in Briefform« (diese Form wurde in der Endfassung zugunsten der novellistischen Zuspitzung stark zurückgenommen) hatte er bereits Mitte Juni zur Beurteilung an Axel Kaun nach München geschickt. Dieser reagiert vier Wochen später und ist von dem Manuskript »nicht sehr angetan«: Er kritisiert die »umständliche Weitläufigkeit« und »sentimentale Überladenheit« der Sprache, vermißt »den ausgewogenen Abstand des Erzählers« und rät, »manches kürzer [zu] fassen«. Besonders fremd blieb Kaun der Böllsche Ansatz, »menschliche Vorgänge« aus den »großen Begriffen christlicher Ethik wie Gnade, Sünde, Hölle« heraus deuten zu wollen. Böll nimmt sich daraufhin vor, besonders den ersten Teil der Erzählung zu überarbeiten.

Eine Woche vor der Fertigstellung der ersten Fassung des *Vermächtnisses* kommt es in den drei Westzonen zur Währungsreform. Die DM ersetzt die »Zigaretten-Währung«, das Ende der Schwarzmärkte naht. »Am dritten Tag der Währung« (22. 6. 48) schreibt Heinrich Böll besorgt an seinen Freund Ada Kunz: »Die sogenannten freien Berufe zittern alle. Auch mir wurde ein wenig schlecht, als ich bei meinem Buchhändler am Samstag vor dem ›Schnitt‹ einen Haufen Abbestellungen von Zeitschriften sah.«

Die Befürchtungen sind nicht unbegründet. Viele Zeitschriftengründungen der frühen Nachkriegszeit überleben die Währungsreform nur kurze Zeit: unter ihnen auch das *Karussell* aus Kassel und die Münchner *Literarische Revue*. Die finanziellen Aussichten der wachsenden Familie Böll (Annemarie Böll erwartet ihr zweites Kind und kündigt deshalb ihre Lehrerstelle) sind zur Jahresmitte 1948 denkbar ungünstig. Heinrich Böll, der die Auswirkungen der Währungsreform auf die Chancen, auch in Zukunft Erzählungen und Kurzgeschichten in Zeitschriften unterbringen zu können, sehr realistisch einschätzt, stellt sich auf die veränderten

Veröffentlichungsbedingungen ein: »Einige Hoffnung setze ich auf ›Lemberg‹ und auf das ›Vermächtnis‹.«

Umgehend bietet er die beiden Großerzählungen verschiedenen Verlagen zur Publikation an. In den folgenden Wochen und Monaten reist das *Vermächtnis*-Manuskript so zu den Verlagen Desch und Weismann, zum Abendland-Verlag (Innsbruck/München/Paris), um schließlich beim Verlag Friedrich Middelhauve, Opladen vor Anker zu gehen. Außerdem versucht Böll, den Text als »Fortsetzungsroman« bei der *Süddeutschen Allgemeinen Zeitung* und beim *Rheinischen Merkur* zu placieren. Viele Zeitungen sind nach dem Währungsschnitt dazu übergegangen, anstelle von Kurzgeschichten und Einzelerzählungen längere Prosatexte in Fortsetzung abzudrucken. Beide Redaktionen lehnen den Abdruck ab. Böll im Juli 1948 an den Freund Ada Kunz: »Die Brüder wollen nichts so scharf Antimilitaristisches. Ist das nicht toll? Drei Jahre nach dem Kriege muß man sich schon wieder vor dem Publikum fürchten.« Und an anderer Stelle heißt es: »Jedenfalls versucht man jetzt sehr schnell, auf populär umzuschalten, mit nackten Weibern, Farbfotos (à la Life) und ›optimistischen‹ Kurzgeschichten, und meine Mitarbeit ist für Monate unwahrscheinlich.«

Hinweise auf eine veränderte gesellschaftliche Atmosphäre hatte Böll schon früher erhalten: Vor und verstärkt nach der Währungsreform schrieben Feuilletonredakteure zur Begründung ihrer Ablehnung seiner Kurzgeschichten, man habe genug von »literarischer Vergangenheitsbewältigung« und von den »Kriegsgeschichten«. Das Publikum verlange nach »Positivem«. Böll schrieb zurück, er könne die »bestellten Pralinen« nun mal nicht liefern.

(– In eigenartiger und bemerkenswerter historisch-ideologischer Kontinuität offenbart der Rezensent des *Rheinischen Merkur* am 8. 10. 1982, nach 34 Jahren, die zu unterstellenden vormaligen Gründe für die Ablehnung des Abdrucks. Hans Daiber findet Bölls zeitgenössische Kritik am »Wiederaufbau« nicht gerechtfertigt. Die satirische Charakterisierung der »besseren Leute« der deutschen Nachkriegsgesellschaft am Beispiel des furchtbaren »Kriegergotts« und »Kriegsgewinnlers« Schnecker im *Vermächtnis*: »eher jünger als älter geworden, mit jenen leichten Merkmalen beginnender Stiernackigkeit, die für eine gewisse Schicht deutscher besserer Leute unweigerlich eintritt, wenn sie zweiunddreißig sind und alt genug, in die Partei ihres Vaters einzutreten und dort aktiv mitzuwirken«, wird im *Rheinischen Merkur* noch im Rückblick zum »törichten Signalement«. Deutsche Kontinuitäten... –)

Die angeschriebenen Verlage reagieren auf die Vorlage des *Vermächtnis*-Typoskripts vorwiegend positiv. Das Lektorat des Verlags Kurt Desch lobt die »Kriegsdarstellung« und auch die sprachliche Umsetzung. Da jedoch bereits thematisch ähnliche Titel »junger deutscher Autoren« (von H. W. Richter und Alfred Andersch) im Programm sind, kommt ein Vertrag nicht zustande. Die Verhandlungen mit dem Abendland-Verlag gestalten sich umständlich und langwierig. Der deutsche Verlagsleiter Peschler, der durch den Feuilletondienst von Desch auf Böll aufmerksam gemacht worden war, beabsichtigt, dessen Erzählung »An der Angel« in eine Anthologie aufzunehmen, und erwägt die Herausgabe gesammelter Erzählungen und Kurzgeschichten des Autors, läßt sich aber viel Zeit. Böll mahnt in der Folge die ausstehende Entscheidung des Verlags zum *Vermächtnis* mehrmals an und bekommt nach fünf Monaten im März 1949 die Zusage, »daß wir uns endlich zur Inverlagnahme Ihres Manuskripts ›Das Vermächtnis‹ entschlossen haben«.

Bereits Monate vor dieser Entscheidung hatte sich der Middelhauve-Verlag bei Böll gemeldet und ihn zur Mitarbeit aufgefordert. Der Mitbegründer der nordrhein-westfälischen FDP, von Hause aus Verleger von Fachliteratur und Druckereibesitzer, suchte für seinen literarischen Verlag »junge Deutsche«. Böll, dessen finanzielle Lage sich zunehmend verschlechtert, setzt in die sich anbahnende neue Zusammenarbeit große Hoffnungen. Im Dezember 1948 übergibt er dem Verlagsleiter von Middelhauve, Zänker, das Manuskript von *Zwischen Lemberg und Czernowitz* und verspricht, innerhalb der nächsten Wochen auch *Das Vermächtnis* zur Prüfung vorzulegen. Zwischen Weihnachten und Neujahr überarbeitet und kürzt Heinrich Böll die erste Fassung des *Vermächtnisses* »vor allem in den schwachen ersten Teilen«. Am 24. Januar 1949 schickt er sein Manuskript (allerdings die unbearbeitete Erstfassung, die zweite, überarbeitete geht an den Abendland-Verlag) an Dr. Paul Schaaf, den Lektor des Verlags Middelhauve. Schaaf teilt ihm vier Wochen später ausführlich das Ergebnis seiner Manuskript-Prüfung mit. Er hält die »Briefform« für bedenklich und kritisiert besonders, daß als Adressatin die Mutter des toten Oberleutnants Schelling figuriert (in der Endfassung hat Böll dann einen Adressatenwechsel von der Mutter zum Bruder des Toten vorgenommen). Insgesamt aber lobt er die »ungehemmte Wahrheit des Schriftstellerischen«.

Im Mai 1949 entsteht eine neue Situation. Die Abendländische Verlagsanstalt relativiert die im März zugesagte Veröffentlichung des *Vermächtnisses*. Die Verlagsleitung verlangt eine »Gesamtoption« für sämtliche literarische Arbeiten Bölls und die Einstellung seiner Zusammenarbeit mit Middelhauve. Da *Lemberg* bei Middelhauve bereits angenommen wurde und aussichtsreiche Verhandlungen über weitere Projekte (darunter ein Band Erzählungen, später: *Wanderer, kommst du nach Spa...*) sowie finanzielle Festlegungen im Gange sind, löst Heinrich Böll diese Verbindung im Juni nach einem ergebnislos gebliebenen Treffen mit dem »Verleger« des Abendland-Verlages, Peschler, in Frankfurt. An Ada Kunz schreibt er: »Diese Innsbrucker Brüder haben mich wirklich nur viel Zeit gekostet (8 Monate), und ich bin froh, daß ich wenigstens einmal kostenlos nach Frankfurt gekommen bin.«

Zwischen dem 15. und dem 22. August 1949 überarbeitet Böll dann unter Berücksichtigung der früheren Anregungen seines Lektors Paul Schaaf das Manuskript zum letzten Mal und übergibt es am 5. September dem Verlag. Schaaf reagiert am 27. desselben Monats: »Inzwischen habe ich auch die neue Fassung gelesen und finde sie weit besser als früher.« Trotz mehrfacher Interventionen Bölls und auch Schaafs bleibt eine endgültige Entscheidung der Verlagsleitung jedoch aus. Der Verlag Middelhauve läßt auch die vom Autor ausgemachte Chance einer Einreichung des Manuskripts beim René-Schickele-Preis ungenutzt verstreichen. Mitte 1950, *Der Zug war pünktlich* war bereits seit einem halben Jahr auf dem Markt (von der Kritik wohlwollend bedacht, die Verkäufe allerdings stagnierten auf niedrigem Niveau), macht Böll seinem Verlag deutliche Vorwürfe: »[. . .] aber wenn Ihre Entscheidung über einen gewissen Punkt hinausgezögert wird, gehe ich der Chance einer anderen Veröffentlichung verloren, und dieser Punkt ist sehr nahe.«

Am 21. Juli stellt Verlagsleiter Zänker dann schriftlich, aber unverbindlich für das Frühjahr 1951 das Erscheinen des *Vermächtnisses* und des ebenfalls dem Verlag vorliegenden, bis heute ungedruckt gebliebenen Romans *Der Engel schwieg* in Aussicht. In der Programmvorschau für den Herbst 1950 werden beide Titel entsprechend vorangekündigt (s. Materialienteil). Daraus wurde nichts. Am 16. Dezember 1951 schickt der Verlag das Manuskript an Heinrich Böll zurück. Drei Wochen später zieht der Autor in einem Brief an Zänker den Schlußstrich: »Sie werden gewiß nicht vergessen, daß ich Ihnen 5 Buchmanuskripte geliefert habe, von denen zwei solange bei Ihnen gelagert haben, daß sie wertlos für mich geworden sind.« Bölls Verärgerung über die Behandlung seiner literarischen Angelegenheiten durch den Verlag ist offensichtlich. Zwar erscheint 1952 bei Middelhauve noch der Roman *Wo warst du, Adam*, doch dann trennen sich Autor und Verlag – »im gegenseitigen Einvernehmen«. Böll wechselt noch im gleichen Jahr zum Verlag Kiepenheuer & Witsch in Köln.

Das Vermächtnis verschwindet auf dreißig Jahre in der Ablage. Vier Jahre »Lagerzeit« hatten das literarische Anliegen der Erzählung und des Autors von 1948 hinfällig werden lassen. Die warnend vorgeführten restaurativen Tendenzen der ersten Nachkriegsjahre waren längst zur bestimmenden gesellschaftlichen Wirklichkeit der Adenauer-Zeit mißraten. Die Schnekkers, auch wenn sie Globke oder Oberländer hießen, saßen wieder dick und fest im Zentrum der Macht und skandierten »Freiheit und Democracy«. In Europa herrschte der Kalte Krieg, in Korea tobte der heiße, und die Deutschen probten nach dem »Wiederaufbau« die »Wiederaufrüstung«.

In den *Frankfurter Vorlesungen* zog Heinrich Böll 1964 die Bilanz der 1948 im *Vermächtnis* angekündigten gesellschaftlichen Deformationen: »Es laufen zu viele Mörder frei und frech in diesem Lande umher, viele, denen man nie einen Mord wird nachweisen können. Schuld, Reue, Buße, Einsicht sind nicht zu gesellschaftlichen Kategorien geworden, erst recht nicht zu politischen.«

Karl Heiner Busse